CB056978

# CONTOS DE SUSPENSE E TERROR

# CONTOS DE SUSPENSE E TERROR

*Edgar Allan Poe*

TRADUÇÃO E NOTAS:
ELIANE FITTIPALDI PEREIRA
KATIA MARIA ORBERG

MARTIN CLARET

# SUMÁRIO

APRESENTAÇÃO
**7**

## CONTOS DE SUSPENSE E TERROR

O CORAÇÃO DELATOR
**29**

O GATO PRETO
**41**

WILLIAM WILSON
**59**

METZENGERSTEIN
**95**

O BARRIL DE AMONTILLADO
**111**

A QUEDA DE CASA DE USHER
**125**

O POÇO E O PÊNDULO
**157**

O ENTERRO PREMATURO
**183**

POSFÁCIO
**207**

# APRESENTAÇÃO

*Eliane Fittipaldi Pereira**

MAIS POE?

O leitor entra na livraria em busca de uma boa tradução dos contos de Poe para o português e... não sabe qual das inúmeras coletâneas deve escolher. Algumas são assinadas por escritores e tradutores famosos; outras fazem parte de coleções tradicionais; outras ainda são bem atuais, com capas e ilustrações atraentes.

E nós, aqui, uma vez mais traduzindo Poe — escritor de domínio público, lido e relido e mais que acessível em todos os tipos de mídia. A um clique do *mouse*, descarrega-se um conto seu em qualquer língua do mundo, a qualquer momento, sem custo algum, em qualquer computador.

O que então justifica mais esta coleção, qual o seu diferencial?

---

\* Eliane Fittipaldi Pereira é Mestre e Doutora em Letras pela USP e tradutora de vários livros publicados por diferentes editoras.

## POE É POP?

Primeiramente, entendamos bem esta tradução no contexto do que Poe significa hoje.

Ele é, sim, um escritor que se tornou popular em função do fascínio que seus temas exercem — o mistério, o terror, a sondagem dos impulsos tenebrosos e desejos obscuros da alma humana. Poe é uma influência determinante em toda a nossa modernidade, o criador das histórias de detetive e das tramas de ficção científica, presente nas atualíssimas tendências fantásticas, góticas e *underground*. Mas ele é, acima de tudo, um esteta de talento que abriu caminhos para todas as correntes literárias de linha subjetivista e barroca que vieram depois dele. Trata-se de um escritor-crítico que tem pleno domínio da arte poética, um artífice que controla, com mão de ferro e cordas de alaúde, os efeitos que exerce em seu leitor. Um arquiteto do estilo que sabe estruturar um conto como poucos e, ainda que esse modo de estruturar possa ser posto em questão, é referência inegável na história da literatura e da crítica literária.

O conto não é mais o mesmo depois de Poe. Não se escreve mais da mesma maneira depois de Poe. Não se vê mais o mundo, a vida e a morte da mesma ótica depois de Poe.

Fundamental é, pois, conhecê-lo. E aqueles que não o leem no original também têm direito a ele.

Há muitos anos, em trabalho acadêmico, sugeri a seguinte situação:

imaginemos, por hipótese, um leitor culto e bastante sensível às qualidades estéticas de um texto literário, mas que só tenha acesso a esse texto (no caso específico, um conto de Poe) pela intermediação de um tradutor [...]. Teria esse leitor a oportunidade de realmente apreender os vários sentidos possíveis que se abrem e se entrecruzam no original? O trabalho que tem nas mãos é, também ele, uma obra de arte? No caso, a mesma que foi assinada por Poe ou outra ainda? O universo artístico que se apresenta à sua recepção é aquele cuja existência se fez necessária à Arte para ensinar aos deuses como é que se cria? Trata-se ainda de outro universo possível, único e diferenciado do primeiro, embora nele inspirado? Ou será que a própria Arte teria instigado mais um demiurgo (o tradutor) a fazê-lo melhor do que já era?[1]

Essa última pergunta me veio à mente, sobretudo, porque no trabalho em questão eu comparava o original de um conto de Poe com sua tradução feita por não menos que Baudelaire.

No caso deste livro que agora traduzimos, ainda se trata de assegurar ao leitor o direito à literariedade dentro de determinados parâmetros que procurarei esclarecer mais adiante.

---

[1] "*The Masque of the Red Death*", *de Edgar Allan Poe: Uma Leitura, Várias Traduções*, Dissertação de Mestrado, USP, São Paulo, 1988.

Mas, para chegar lá, vejo-me antes na obrigação de discutir algumas premissas relativas ao modo como Kátia Orberg e eu, tradutoras desta coleção, enfrentamos nossos originais e qual é a nossa concepção de tradução.

## SOBRE A TAREFA DA TRADUÇÃO E OS DESAFIOS DO TRADUTOR

A palavra "tradução", segundo a etimologia latina (*traductione*), é o ato ou o efeito de transferir uma mensagem de uma língua ou linguagem para outra. E esse processo implica uma série de dificuldades empíricas e culturais, já que:
– as línguas não se correspondem;
– as realidades a serem transpostas nem sempre se correspondem;
– e, principalmente, as visões de mundo de emissores e receptores da(s) mensagem(ns) a ser traduzida(s) se correspondem menos ainda.
Considerando tudo isso, uma tradução bem-sucedida, mais que uma ciência, técnica ou arte, constitui quase um milagre: um ato que instaura uma realidade nova mas, ao mesmo tempo, afim com outra realidade que a precede; um ato que leva seres humanos de culturas e repertórios distintos e a comunicar-se (palavra esta que vem do latim *comunicare:* tornar comum uma ideia, um pensamento, um sentimento, uma emoção e, no caso da tradução literária, também o estilo discursivo).

Nesse processo, o tradutor é aquele que torna compreensível o que era antes ininteligível e por isso ele é, antes de mais nada, hermeneuta — na origem grega, *hermeneutés*, aquele que interpretava os sentidos das palavras; aquele a quem cabia transpor, para a linguagem humana, a vontade divina e vice-versa, permitindo a comunicação entre os deuses e os homens; aquele que exprimia, explicitava e, como Hermes, o deus mensageiro, transitava entre falas.

Os hermeneutas da Grécia Antiga eram sacerdotes encarregados de interpretar o discurso da Pítia, ou pitonisa, para as pessoas que acorriam ao templo de Delfos em busca da ajuda do deus Apolo. A Pítia, sacerdotisa com inspiração profética, recebia as mensagens divinas em transes durante os quais pronunciava frases enigmáticas, expressões ambíguas ou sons desconexos.

Não sei quais eram as habilidades específicas de um sacerdote Antigo, nem tampouco se ele recebia algum tipo de treinamento para exercer sua função; mas sei que, hoje, um tradutor não pode prescindir de uma teoria que coloque à sua disposição um aparato racional que o leve a realizar os processos de transposição de uma língua para a outra com relativa segurança, sem no entanto se impor a esses processos e sem reduzir ou manipular o texto a partir de uma perspectiva formal ou "conteudista".

Digo "com relativa segurança" porque, quando lidamos com o discurso (principalmente o literário), sempre há o surpreendente, o inapreensível; e porque uma "ciência" da tradução nunca será tão "científica" como são, por exemplo, a física ou a química, nem tão "predominantemente técnica" como as que tratam da perfuração de poços de petróleo e da implantação das redes de telefonia celular.

Quando o tradutor se dedica a textos que tratam de assuntos como esses últimos (perfuração de petróleo e telefonia), conta com estratégias que permitem alcançar a maior proximidade linguística possível do original.

Novamente utilizo um vocabulário modalizador ao dizer "*predominantemente* técnicos" e "proximidade *possível*" porque tais assuntos podem vir a ser tratados com intenções comerciais, políticas ou de outro tipo, que determinam o seu modo de elocução. Mesmo a mais técnica das traduções requer, antes de qualquer coisa, uma relação muito particular entre o texto, o leitor e o pensamento do autor, assim como uma forte sensibilidade para a *interpretação do texto* — área de conhecimento não por acaso denominada *hermenêutica*.

É por isso — porque não há tradução sem interpretação e, portanto, sem hermenêutica — que, para falar de tradução literária (e de Poe), retorno a uma época em que os deuses ainda estavam vivos e os autores não estavam mortos. Mas nem por isso há que perder o pé neste nosso tempo em que se permite à linguagem dizer para além do escritor e em que a expressão "interpretar um texto" não mais significa reduzi-lo a um significado predominante ou oculto. Porque interpretar é não só garantir a comunicação de um grupo apelando para os significados tradicionais das palavras e do discurso, mas também desmistificar as pressuposições (pré-suposições) que transcendem esse discurso, desconstruí-lo e amplificar suas significâncias.

Depois que Nietzsche apontou para o caráter ideológico da linguagem; Freud, para a importância que tem nela o inconsciente; e Foucault, para o fato de que linguagem e poder estão necessariamente relacionados, seria ingênuo encarar qualquer texto literário, assim como sua interpretação e tradução, como passíveis de objetividade ou neutralidade. Todo tradutor deve ter em mente que o texto de chegada trará as marcas de sua leitura e de suas escolhas, para o bem e para o mal. Mas essas escolhas podem ser orientadas pela disposição para "ser todo ouvidos" e pela consciência de que a tarefa tradutória, hermenêutica que é, implica em "construir algo que 'não está construído'", "que se vai formando, de certo modo, de dentro, até alcançar sua própria figura". Quando isso acontece, ele desaparece, como hermeneuta e tradutor, para dar lugar ao "brilho da beleza" do texto original como "ser verdadeiro" e assim, "o texto fala".[2]

## TRADUÇÃO LITERÁRIA: TÉCNICA E ARTE

Antes de tratar especificamente desta nossa tradução dos contos de Poe, falemos um pouco da tradução da obra literária em geral: aquela que mais nos desafia, que mais

---

[2] As expressões entre aspas são de Hans-Georg Gadamer em "Texto e interpretación", *Verdad y Metodo II*, ediciones Sígueme, Salamanca, 1998, p. 319-347.

exige de nossa argúcia, cultura, sensibilidade e intimidade com os deuses.

O texto que entendemos como *Literário* é o texto escrito que tem o predomínio da função estética, embora a palavra "literatura" seja hoje empregada por nossa cultura banalizadora para se referir a qualquer tipo de produção escrita: não é difícil encontrarmos expressões como "literatura médica", "literatura jurídica", "literatura psicanalítica" e até mesmo uma "literatura de ficção" bem instalada em nossa Academia Brasileira de Letras, mas que está longe de ser literária no sentido que nós, pessoas das Letras, atribuímos a essa palavra.

Falo aqui da verdadeira Arte: aquela que lida com a polissemia da palavra; aquela que (se ainda me é permitido usar essa imagem metafísica em uma época tão positivista) magicamente transmuta e refaz o universo "de um modo melhor do que o que fizeram os deuses".[3]

É nessa área que os melhores tradutores sentem a responsabilidade e o encantamento de se saberem hermeneutas — transmissores de mensagens míticas e divinas. E é nessa atividade que eles devem operar com mais humildade: porque, embora responsáveis pela transmissão do sagrado que há na Arte, são sujeitos ao erro e ao pecado.

E, além das dificuldades gerais da tradução, quais são aquelas que um tradutor de boa Literatura enfrenta?

Todas.

---

[3] Étienne Souriau, *A Correspondência das Artes*, Cultrix/Edusp, 1983, p. 264.

A maior e mais óbvia é aquela já mencionada de tentar produzir uma obra que seja, também ela, artística, mas que não se distinga da original depois de recodificada. Isso é o que qualquer tradutor desejaria, mas é querer demais.

Todos sabemos que uma cópia da *Mona Lisa*, por mais bem feita que seja, não constitui em si uma obra de arte, pelo evidente fato de que a cópia de um quadro não inaugura um novo mundo, uma nova visão do real; a não ser que não se trate apenas de cópia, e sim, da transposição da imagem original em outra linguagem *inovadora*.

Pensemos, como exemplo, nas traduções da obra *Le déjeuner sur l'herbe*, de Manet, feitas por Pablo Picasso.[4]

Os quadros de Picasso são, também eles, verdadeiras obras de arte.

Porém, seu compromisso de fidelidade faz-se apenas com o tema e não com o estilo de seu "texto-fonte"; sua linguagem é inteiramente outra. Visão de outra época, tais obras não se pretendem apenas traduções, mas, mais que isso, diálogos criativos.

---

[4] O original de Manet pode ser encontrado no *site* do Musée d'Orsay: (http://www.musee-orsay.fr/fr/collections/oeuvres-commentees/recherche.html?no_cache=1&zoom=1&tx_damzoom_pi1%5BshowUid%5D=4003). Inspirado nesse quadro, Picasso produziu 27 telas, seis gravuras e 140 desenhos, alguns dos quais podem ser encontrados no site do Museu Picasso (http://www.museepicassoparis.fr). Ainda a esse respeito, recomendamos um artigo publicado em 2008 (parte em inglês, parte em francês) por Alain R. Truong denominado "Picasso/Manet: *Le déjeuner sur l'herbe' au Musée d'Orsay*" (http://www.alaintruong.com/archives/2008/10/10/10897266.html), que comenta uma exposição ali ocorrida e mostra algumas dessas telas.

Um tradutor que não tenha pretensões de instaurar-se como autor de outro original, criador de uma nova obra ante a angústia de determinada influência — ou seja, um tradutor que se pretenda apenas tradutor não pode fazer isso sob pena de ser considerado "traidor".

Há aquela cruel expressão *"tradutore, tradittori"* para referir-se àqueles de nós que saem da linha. Mas a linha da fidelidade é sempre mal definida, e o dever de bem demarcá-la cabe a algo tão pouco científico como a nossa "sensibilidade" e o nosso "bom senso".

É verdade que traduzir o que quer que seja é uma arte — e toda arte contém poesia (*poiesis* = criação, fabricação). A tradução não existe fora de um fazer criativo, que pode ir do grau quase zero (tradução técnica ou científica) ao mais alto grau de inventividade (tradução de poesia).

No caso específico do texto literário, a prática da tradução pressupõe conhecimentos também técnicos, também eles apoiados em teorias: teoria da gramática, da linguística, da semântica, da estilística, da literatura. Porém, o tradutor literário tem, sim, de aliar, à técnica e à teoria, competências imponderáveis como agudeza de interpretação (ainda a *hermenêutica* em seu aspecto mais sutil e impreciso de contextualização), abertura à desconstrução equilibrada a fim de não se entregar à livre produção de sentido e, por fim, dom artístico para recriar os efeitos textuais — de modo a transmitir não apenas os temas do original, mas também suas conotações, sonoridade, iconicidade, imagética e a emoção que ele produz no leitor. E isso é muito difícil, mas não impossível.

Grandes tradutores, sem se limitar a fotografar a *Mona Lisa*, nem ousar transpor o impressionismo de Manet para o cubismo de Picasso, vêm conseguindo estabelecer uma correspondência equilibrada, honesta, criativa e poética entre o texto-fonte e o texto de chegada.

Perderam eles alguma coisa na passagem de um texto ao outro? Com certeza.

Um bom tradutor sabe, antes de tudo, reconhecer o limite da tradução — como ciência e como arte. Por mais teoria que conheça e por mais prática que tenha, ele compreende que há coisas que não se traduzem — certos isomorfismos de linguagem, certos jogos de significante e significado. Tudo o que lhe resta, nesses casos, é admitir seu fracasso em notas de rodapé.

O hermeneuta Antigo era um simples mortal. Assim também é o tradutor que lida com a linguagem divina e instauradora da Arte. Mas um mortal também tem direito a um estilo e deve ter um livre-arbítrio fiel para escolher entre o que é passível de compensação e o que vai ser irremediavelmente perdido no comércio entre o sagrado e o profano.

A tradução, como processo e como produto, sempre será profana, mas é possível ser profano com dignidade — sem cometer profanações.

### FINALMENTE, O PORQUÊ DESTA COLEÇÃO

Sem querer entrar na área da tradução comentada, nem mencionar em detalhe os erros e acertos daqueles que precederam a mim e Kátia na difícil e deliciosa tarefa de traduzir os contos de Poe para o português, eu gostaria de assinalar determinadas tendências que observei em várias traduções que li e analisei com a finalidade de realizar trabalhos acadêmicos e ministrar aulas de literatura, e em algumas que se encontram atualmente nas livrarias brasileiras e na internet.

Nem todas se baseiam no original. Já tive a surpresa de encontrar, em traduções que afirmam usar como fonte os textos de Poe em inglês, acréscimos, omissões ou desvios provenientes das traduções que Baudelaire fez desses textos para o francês.

À parte isso, as demais podem ser agrupadas segundo três tipos de tendências.

A primeira pode ser denominada "pasteurizadora", porque nem domestica o texto de chegada adaptando-o às nossas estruturas, nem o estrangeiriza, assumindo sua estranheza. Por ser o tipo de tradução que mais facilita a compreensão imediata dos temas, é aquela que, à falta de *corpus* adequado, eu costumava oferecer em cursos livres a um público que não tem acesso à língua inglesa. Mas, quando se tratava de explicar determinados efeitos de linguagem, via-me obrigada a recorrer ao próprio original, a transcrições fonéticas ou a outros recursos que dessem alguma ideia desses fenômenos para quem não tivesse competência alguma na língua inglesa.

A segunda tendência consiste em adaptar o texto (que, de fato, não é de fácil leitura nem sequer para o leitor médio de língua inglesa) ao gosto do leitor comum, aquele que se deixa atrair mais pela fábula do que pelas qualidades estéticas do universo artístico. Trata-se, em resumo, de uma espécie de paráfrase do original que deixa de lado exatamente o que ele tem de distintivo: sua literariedade. Quem crê ler Poe ao ler tais traduções saiba que está lendo tudo menos Poe. Esse é o tipo de tradução que mais o descaracteriza.

Em "Alguns Aspectos do Conto", o grande admirador de Poe que foi Cortázar formula um alerta contra esse tipo de prática ao dizer: "Cuidado com a fácil demagogia de exigir uma literatura acessível a todo mundo". Sua experiência indica que o público jamais deve ser subestimado:

> Eu vi a emoção que entre gente simples provoca uma representação de Hamlet, obra difícil e sutil, se existem tais obras, e que continua sendo tema de estudos eruditos e de infinitas controvérsias. É certo que essa gente não pode compreender muitas coisas que apaixonam os especialistas em teatro isabelino. Mas que importa? Só sua emoção importa, sua maravilha e seu arroubo diante da tragédia do jovem príncipe dinamarquês.[5]

A partir dessa reflexão, uma pergunta: será que um conto de Poe como "O Poço e o Pêndulo", por exemplo, provocaria a sensação de irremediável agonia e claustrofobia sem suas ênfases pleonásticas, oscilações e inversões frásicas, sem sua profusão de adjetivos e advérbios, a preferência pela negação, os períodos longos e entrecortados

---

[5] *Valise de Cronópio*, Perspectiva, 1974, p. 161.

por exclamações patéticas? Será que sua tradução "facilitadora" seria capaz de gerar a emoção, a maravilha e o arroubo de que fala Cortázar? É certo que não.

A terceira tendência, esta raramente observada, é a de criar um estilo outro, mantendo a trama. Trata-se de traduções assinadas por grandes nomes, em princípio preocupadas com a literariedade, mas que, em sua adaptação à nossa língua e cultura, propõem um modelo estético muito diferente do de Poe sem no entanto dialogar com ele no mesmo diapasão multívoco. Infelizmente, sem constituir obras inovadoras como são os quadros de Picasso em relação ao de Manet, sobrepõem sua elocução à do escritor novecentista e, por isso mesmo, "não são ele". Belíssimas infiéis. Não permitem que a análise e a interpretação literária abram, em nossa língua, os sentidos que o original gera e percorre.

O principal problema que percebemos nas traduções ao nosso alcance é que, dentre as honestas e bem feitas, muito poucas estão devidamente contextualizadas na teoria estética claramente formulada por Edgar Poe, ou seja, poucas têm a preocupação de recuperar (sempre, é claro, na medida do possível) a magia verbal que ele foi capaz de criar — entre outras coisas, o barroquismo tortuoso; o ritmo encantatório hipnótico; as interrupções de pensamentos (hipérbatos e anacolutos) que criam suspense; as gradações dispneicas que, não raro, chegam ao clímax; a musicalidade (variações de ritmo, aliterações, assonâncias e consonâncias) que marca subliminarmente as ações e os comportamentos das personagens; as repetições, ênfases e pleonasmos que transmitem forte emoção ou fixam obsessões; e os usos impróprios de palavras (malapropismos) que "piscam o olho" ao leitor com efeito irônico ou musical.

Uma questão específica e polêmica (que já nos causou não poucas dificuldades com revisores e diagramadores) é o uso que Poe faz da pontuação, distante do uso comum na própria língua inglesa da época, mais ainda do nosso português contemporâneo. Mas, escritor cerebrino e consciente que foi, Poe nada fez sem um propósito estético. Disse ele em um de seus artigos críticos:

> Com o fato de que a pontuação é importante, todos concordam; mas quão poucos compreendem a extensão de sua importância! O escritor que negligencia a pontuação, ou pontua aleatoriamente sujeita-se a ser mal compreendido — isso, segundo a ideia popular, é a soma dos males resultantes de descuido ou ignorância. Parece que não se sabe que, mesmo onde o sentido está perfeitamente claro, uma frase pode ser desprovida de metade de sua força — de seu espírito — de seu argumento — pela pontuação inadequada. Pela mera necessidade de uma vírgula, frequentemente ocorre de um axioma parecer um paradoxo, ou um sarcasmo ser convertido em um sermão.[6]

---

[6] "Marginalia, part XI", *Graham's Magazine*, fevereiro de 1848, p. 130. Tradução nossa. Esse texto foi digitalizado pela Edgar Allan Poe Society of Baltimore e pode ser encontrado no endereço eletrônico http://www.eapoe.org/works/misc/mar0248.htm.

Não seria possível, pois, empreender um projeto como o desta coleção sem respeitar o modo como o próprio escritor encarou essa questão. E respeitá-lo, aqui, acarreta complexas implicações e riscos, principalmente no que diz respeito ao uso abundante do travessão, "visto com suspeita" tanto no século XIX como hoje, mas que constitui uma das marcas estilísticas mais evidentes de Poe.

A esse respeito, o escritor exprime o que considera exagero e propõe o uso com propósito :

> [...] permitam-me observar que o editor sempre pode determinar quando o travessão do manuscrito é empregado adequada ou inadequadamente, tendo em mente que esse sinal de pontuação representa uma *segunda ideia — uma emenda*. [...] O travessão dá ao leitor a escolha entre duas, ou entre três ou mais expressões, uma das quais pode ser mais impositiva que a outra, mas todas auxiliando a ideia. Ele representa, em geral, estas palavras — "ou *para tornar meu significado mais distinto*". Essa força, *ele a tem* — e essa força, nenhum outro argumento pode ter; como todos os argumentos têm usos bem entendidos muito diferentes desse. Portanto, *não se pode* dispensar o travessão.
>
> Ele tem suas fases — sua variação da força descrita; mas o princípio exclusivo — o da segunda ideia ou emenda — será encontrado no fundo de tudo.[7]

A maioria dos tradutores tenta "corrigir" Poe: substituir o estranho travessão por vírgula, dois pontos, ou

---

[7] *Ibidem*, p. 130-131.

ponto e vírgula. Em vista do excerto acima aludido, consideramos isso uma traição, assim como para nós é traição, em favor da legibilidade e da fluência, buscar esclarecer o que nele é deliberada ou inconscientemente obscuro, reverter a ordem abstrusa da frase para a ordem normal, evitar a repetição onde ele é maníaco, cortar o período longo e labiríntico que esconde monstros e enigmas.

Poe tem uma forte influência na modernidade ocidental e no modo como posteriormente vieram a escrever, por exemplo, Proust, Faulkner e Joyce. E quem pensaria em normatizar, numa tradução, o modo como Proust, Faulkner e Joyce pontuam seus textos?

Assim sendo, por reconhecer que o efeito criado no leitor era crucial para Poe e que fazer o texto ceder a determinadas normas de nossa língua compromete esse efeito, propomos uma coleção de seus mais conhecidos contos para um português que tenha em conta, não apenas as tramas e a gramática poeanas, mas sobretudo a proposta estética de criação de efeito *na e pela linguagem, no e pelo discurso*. Nossa ideia é trazer, para o leitor brasileiro, uma tradução que, sem ser um decalque, nem tampouco criativa ao ponto da irreverência ou da pretensão arrogante, recupere a elocução do original, ainda que essa elocução faça exigências ao leitor e ainda que obrigue a língua portuguesa a flexibilizar determinadas estruturas e regras de pontuação.

Se o domínio de Poe é assumidamente o do estranho, que sua linguagem soe assim para nós. Mesmo porque ela também soa estranha, em algum grau, para o leitor estadunidense contemporâneo.

## CARACTERÍSTICAS DESTA TRADUÇÃO

Diante de tudo o que já lemos de e a respeito de Poe, nossa proposta para esta coleção é tentar conciliar (sempre quanto possível) a subjetividade do ato crítico, nosso conhecimento da arte retórica e a objetividade da técnica tradutória; privilegiar os jogos com os significantes e fugir a uma visão "conteudista" da obra, mas respeitar sua referencialidade oitocentista e o fato de que seu discurso se contextualiza em um mundo já significado — o fato de que o próprio autor dialoga com influências por ele reconhecidas ou não e de que seu dizer inovador emerge de um conjunto de usos e tradições comunitárias.

Em resumo, nossa postura consiste em:

– sujeitar o quanto possível nossas escolhas tradutórias às escolhas estilísticas do autor, preservando o que é estrangeiro com a flexibilidade necessária para que a leitura não se torne demasiado árdua;[8] deixar que se faça ouvir (sempre com a ressalva: quanto possível) sua voz de esteta consciente e racional, considerando que essa voz nos alcança do século XIX e deve soar como algo que vem do século XIX, sem fazer concessões fáceis ao leitor

---

[8] Por exemplo: quando Poe usa vocábulos latinos, damos preferência aos de mesma raiz etimológica, a não ser quando são passíveis de ambiguidade, constituem falsos cognatos (palavras que têm ortografias semelhantes nos dois idiomas mas apresentam significados diferentes em cada um por causa do modo como cada um evoluiu), ou quando a sonoridade é mais importante que o sentido. Sabemos que essa preferência tem efeitos diferentes no original e na tradução, mas nosso intuito é preservar as marcas da escritura e possibilitar interpretações baseadas na etimologia.

deste século, nem tampouco o subestimar na hipótese de que seja leigo;

– possibilitar que o autor fale para além da racionalidade que apregoa: daquele lugar onde os sentidos acontecem à revelia da consciência;

– "musicalizar" o que nossa sensibilidade e técnica hermenêutica conseguem apreender, ou seja, transpor o que nosso repertório e instrumentos tradutórios nos possibilitam transpor; acompanhar, quanto possível, seu ritmo repleto de significações;

– enfim, assumir as perdas irremediáveis e buscar compensar do melhor modo aquilo a que nossa gramática e léxico não alcançam corresponder;

– mas, antes de tudo, como dissemos acima, ler Poe dentro de sua proposta estética; procurar nortear-nos por aquilo que ele, na qualidade de poeta, contista, ensaísta e crítico, deixou-nos como legado teórico e literário — inclusive metalinguístico.

Se conseguimos alcançar esses objetivos, acreditem, foi à custa de muito trabalho, muita pesquisa e um enorme esforço de submissão para que permanecessem no texto, prevalecendo sobre a clareza e a fluência, e, repito, *até mesmo sobre as normas e o uso do nosso português*, palavras de mesma raiz, muitos dos advérbios com sufixo "mente", inversões frásicas em toda a sua estranheza, hipérbatos e anacolutos, a pontuação abstrusa e idiossincrática, o uso narcísico dos pronomes "eu", "meu", "minha" e toda a sorte de bizarrices que fazem a unicidade de Poe no universo literário.

Se não o conseguimos, deixamos um convite ao leitor: que complemente esta nossa tradução comparando-a com outras, portadoras de outro repertório; que busque a prosa elegante e plurívoca de Poe nessa conversa sem tempo nem espaço a que se dá o sonoro nome de intertextualidade; e que, nessa comparação, faça-se mais crítico a fim de encontrar a grande Arte do contista demiurgo entre as dicções plurais de seus vários hermeneutas.

**CONTOS DE
SUSPENSE
E TERROR**

# O CORAÇÃO DELATOR

Verdade! — muito, muito nervoso — horrivelmente nervoso eu fui e sou; mas por que você *insiste* em dizer que sou louco? A enfermidade havia aguçado meus sentidos — não destruído — não embotado. Acima de tudo, o sentido da audição apurou-se. Eu ouvia todas as coisas do céu e da terra. Ouvia muitas coisas do inferno. Como, então, é que sou louco? Escute bem! e observe como é saudável — como é calma a maneira com que lhe conto toda a história.

 É impossível dizer como, pela primeira vez, a ideia entrou em meu cérebro; mas, uma vez concebida, ela me assombrava dia e noite. Motivo, não havia. Paixão, não havia. Eu gostava do velho. Ele nunca me fizera mal. Nunca me ofendera. Seu ouro, eu não o desejava. Creio que foi o seu olho! Sim, foi isso! Um de seus olhos parecia o de um abutre — um olho azul pálido, com uma película que o recobria. Quando ele pousava em mim, meu sangue gelava; e então aos poucos — muito gradualmente, eu decidi tirar a vida do velho e assim libertar-me do olho para sempre.

    Ora, é esse o problema. Você imagina que estou louco. Os loucos nada sabem. Mas você devia ter-me visto *a mim*. Devia ter visto com que sensatez eu agia — com que cautela — com que previdência — com que dissimulação eu me punha a trabalhar! Nunca fui mais gentil para com o velho do que durante toda a semana antes de matá-lo. E todas as noites, perto da meia-noite, eu girava o trinco de sua porta e a abria — oh, com tanta suavidade! E então, depois de produzir uma abertura suficiente para minha cabeça, eu inseria uma lamparina escura, toda fechada, fechada, de modo que luz alguma irradiasse, e então enfiava a cabeça. Oh, você teria dado risada ao ver com que astúcia eu a enfiava lá dentro! Eu a movia devagar — muito, muito devagar, de modo a não perturbar o sono do velho. Levava uma hora para colocar minha cabeça inteira dentro da abertura até onde eu pudesse vê-lo deitado na cama. Ha! — será que um louco teria sido tão prudente assim? E depois, quando minha cabeça estava bem dentro do quarto, eu abria a lamparina com cautela — oh, com tanta cautela — com cautela (porque as dobradiças rangiam) — eu a abria de tal modo que um único facho estreito de luz caía sobre o olho de abutre. E isso eu fiz por sete longas noites — toda noite exatamente à meia-noite —, mas encontrava o olho sempre fechado; e então era impossível fazer o serviço; porque não era o velho que me incomodava, mas seu Olho Mau. E todas as manhãs, quando o dia despontava, eu entrava com ousadia no quarto e, cheio de coragem, falava com ele, chamava-o pelo nome em um tom cordial e perguntava como havia passado a noite. Portanto, como você vê, ele teria de ser um velho muito sagaz, na verdade, para suspeitar que todas as noites, exatamente às doze horas, eu o espiava enquanto dormia.

Na oitava noite, fui mais cauteloso que de costume ao abrir a porta. O ponteiro dos minutos de um relógio se move com mais rapidez do que a minha mão se movia. Jamais antes daquela noite eu havia *sentido* a extensão dos meus próprios poderes — de minha sagacidade. Mal podia conter minha sensação de triunfo. Pensar que lá estava eu, abrindo a porta, pouco a pouco, e que ele nem sequer sonhava com meus feitos ou pensamentos secretos. Aquela ideia me fez rir; e talvez ele me tenha escutado; pois mexeu-se na cama subitamente, como em sobressalto. Nesse instante, você pode pensar que eu recuei — mas não. O quarto estava negro como breu com a escuridão espessa (porque as venezianas estavam bem trancadas, por medo de ladrões), e por isso eu sabia que ele não podia ver a porta se abrir, e continuei empurrando-a com firmeza, com firmeza.

Eu estava com a cabeça lá dentro e ia abrir a lamparina, quando meu polegar escorregou por sobre o fecho de lata e o homem sentou de um salto na cama gritando: — "Quem está aí?".

Fiquei bem quieto e nada disse. Durante uma hora inteira não mexi um músculo e, nesse ínterim, não o ouvi deitar-se outra vez. Ele ainda estava sentado na cama escutando — assim como eu tenho feito, noite após noite, escutando os carunchos agourentos, relógios da morte,[1] dentro da parede.

Então ouvi um gemido leve e soube que era o gemido do terror mortal. Não era um gemido de dor ou amargura — oh, não! — era o som baixo e abafado que vem do fundo da alma quando está sobrecarregada de medo. Eu conhecia bem aquele som. Em muitas noites, exatamente à meia-noite, quando o mundo todo dormia, ele brotava de meu próprio peito, intensificando, com seu eco medonho, os terrores que me perturbavam. Digo que o conhecia bem. Eu conhecia o que o velho sentia e tinha pena dele, embora risse no fundo do coração. Eu sabia que ele estava desperto desde o primeiro som tênue, quando se revirara na cama. Seus temores haviam desde então crescido dentro dele. Ele havia tentado imaginar que eram sem razão, mas não conseguira. Havia dito a si mesmo — "não é nada a não ser o vento na chaminé — é apenas um camundongo andando no chão", ou "é meramente um grilo que cantou uma só vez". Sim, ele vinha tentando consolar-se com essas suposições; mas tudo fora em vão. *Tudo em vão*; porque a Morte, ao aproximar-se, havia espreitado com sua sombra escura diante dele e envolvido a vítima. E era a influência fúnebre da sombra despercebida que o levava a sentir — embora

---

[1] Para a expressão *"death watch"*, que aqui traduzimos como "carunchos agourentos", há três significados possíveis: a vigília de um morto ou moribundo; a guarda de um condenado à morte antes da execução; um besouro ou caruncho que penetra nas paredes e produz um ruído com a cabeça como quem está batendo e que, popularmente, é considerado como um presságio de morte.

ele nem visse nem ouvisse — a *sentir* a presença de minha cabeça dentro do quarto.

Depois de eu ter esperado muito tempo, com muita paciência, sem escutá-lo deitar, resolvi abrir uma pequena fresta — muito, muito pequena, na lamparina. Então eu a abri — você não pode imaginar quão furtivamente, furtivamente — até que, afinal, um único raio turvo, como o fio da aranha, lançou-se da fresta e caiu em cheio sobre o olho de abutre.

Ele estava aberto — bem, bem aberto — e fiquei furioso quando o fitei. Eu o via com perfeita nitidez — todo de um azul baço, recoberto por um horrendo véu que me arrepiava até a medula dos ossos; mas eu não conseguia ver mais nada do rosto ou do corpo do velho: porque havia dirigido o raio, como por instinto, precisamente para o ponto maldito.

E então eu não lhe disse que aquilo que você confunde com loucura nada mais é que superagudeza dos sentidos? — então, eu digo, chegou a meus ouvidos um som baixo, abafado, curto, assim como faz um relógio quando envolto em algodão. Eu também conhecia *bem* aquele som. Era o batimento do coração do velho. Ele aumentou minha fúria, como a batida de um tambor estimula o soldado a encontrar coragem.

Mas, ainda então, eu me contive e fiquei quieto. Mal respirava. Segurava a lamparina, imóvel. Tentei, com a maior firmeza possível, manter o facho sobre o olho. Nesse ínterim, a batida diabólica do coração aumentou. Tornava-se mais e mais rápida, e mais e mais alta a cada instante. O terror do velho *deve* ter sido extremo! Ela ficava mais alta, digo eu, mais alta a cada momento! — você está me entendendo bem? Eu lhe disse que sou nervoso: assim eu sou. E naquele momento, na hora morta da noite, em meio ao silêncio terrível daquela casa velha, um ruído tão estranho como aquele me excitava com um terror incontrolável. Porém, por mais alguns minutos, eu me refreei e fiquei quieto. Mas o batimento ficava mais alto, mais alto! Pensei que o coração fosse rebentar. E então uma nova ansiedade me dominou — o som podia ser ouvido por um vizinho! A hora do velho havia chegado! Com um berro, abri completamente a lamparina e pulei para dentro do quarto. Ele gritou uma vez — uma só vez. Num instante, arrastei-o até o chão e empurei a pesada cama para cima dele. Então sorri com alegria, ao verificar a façanha até então realizada. Mas, por muitos minutos, o coração continuou batendo com um som amortecido. Aquilo, porém, não me inquietou; ele não seria ouvido através da parede. Afinal, cessou. O velho estava morto. Removi a cama e examinei o cadáver. Sim, ele estava morto como pedra, como pedra. Coloquei minha mão sobre seu coração e a mantive ali por vários minutos. Não havia pulsação. Ele estava morto como pedra. Seu olho não me perturbaria mais.

Se você ainda me considera louco, não vai mais considerar quando eu descrever as sábias precauções que tomei para ocultar o corpo. A noite avançava, e eu trabalhava rápido, mas em silêncio. Antes de mais nada, desmembrei o corpo. Cortei a cabeça e os braços e as pernas.

Então, retirei três tábuas do piso do quarto e coloquei tudo entre os vãos. Depois, recoloquei as tábuas com tanto engenho, tanta astúcia, que nenhum olho humano — nem mesmo *o dele* — conseguiria detectar algo de errado. Nada ficou por lavar — nenhuma mancha de tipo algum — nenhuma mancha de sangue de modo algum. Eu havia sido cauteloso demais para isso. Uma tina havia recolhido tudo — ha! ha!

Quando pus fim a esse trabalho, eram quatro horas — ainda escuro como a meia-noite. Quando o sino tocou, houve uma batida na porta da rua. Desci para abri-la com um coração leve, — pois o que teria *agora* a temer? Entraram três homens, que se apresentaram, com perfeita cortesia, como agentes de polícia. Um grito fora escutado por um vizinho durante a noite; suspeitas de um delito haviam sido levantadas; informações haviam chegado ao distrito policial e eles (os agentes), haviam sido designados para fazer uma busca na casa.

Eu sorri, — pois *o que* tinha a temer? Dei as boas-vindas aos cavalheiros. O grito, disse, havia sido o meu próprio enquanto sonhava. O velho, mencionei, estava ausente em viagem ao interior. Levei meus visitantes por toda a casa, convidei-os a inspecionar — a inspecionar *bem*. Conduzi-os, finalmente, ao quarto *dele*. Mostrei-lhes seus tesouros, seguros, intocados. No entusiasmo da minha confiança, trouxe algumas cadeiras até o quarto e sugeri que *aí* repousassem de seu cansaço, enquanto eu próprio, na audácia impetuosa de meu triunfo perfeito, colocava minha própria cadeira no lugar exato sob o qual repousava o cadáver da vítima.

Os policiais estavam satisfeitos. Minha *atitude* os havia convencido. Eu estava excepcionalmente à vontade. Eles permaneciam sentados e, enquanto eu respondia alegremente, conversavam sobre coisas coloquiais. Mas, pouco depois disso, senti que estava ficando pálido e desejei que fossem embora. Minha cabeça doía, e eu imaginava ter um tinido nos ouvidos; mas eles continuavam sentados e continuavam conversando. O tinido ficou mais nítido: — ele continuava e ficava mais nítido: eu conversava com mais desenvoltura para ficar livre da sensação: mas ele continuava e adquiria definição — até que, afinal, descobri que o ruído *não* estava dentro de meus ouvidos.

Sem dúvida, eu agora estava *muito* pálido — mas conversava com fluência e com uma voz exaltada. Porém, o som aumentava — e o que eu podia fazer? Era *um som baixo, abafado, curto* — *assim como faz um relógio quando envolto em algodão*. Prendi o fôlego — mas os policiais não o ouviram. Eu falava com mais rapidez — com mais veemência; mas o ruído aumentava continuamente. Levantei-me e discuti trivialidades, em um tom elevado e com gesticulação violenta, mas o ruído aumentava continuamente. Por que eles não *queriam* ir embora? Caminhei pelo soalho de um lado para outro com passos largos, como se estivesse excitado até a fúria pela observação dos homens — mas o ruído aumentava continuamente. Oh, Deus! O que eu *podia* fazer? Espumei — rugi — praguejei! Inclinei a cadeira em que me havia sentado e arrastei-a sobre as tábuas, mas o ruído cobria tudo e aumentava continuamente. Ele ficou mais alto — mais alto — *mais alto!* E os homens ainda conversavam com tranquilidade e sorriam. Seria possível que não ouvissem? Deus Todo Poderoso! — não, não! Eles ouviam! — eles suspeitavam! — eles *sabiam!* —

estavam zombando do meu horror! — isso eu pensei, e isso ainda penso. Mas qualquer coisa era melhor do que essa agonia! Qualquer coisa era mais tolerável do que essa chacota! Eu não conseguia mais aguentar aqueles sorrisos hipócritas! Sentia que tinha de gritar ou morreria! — e então — outra vez! — escutem! Mais alto! mais alto! mais alto! *mais alto!* —

"Patifes!", berrei, "parem de fingir! Admito a façanha! — arranquem as tábuas! — aqui, aqui! — é o batimento do seu medonho coração!"

# O GATO PRETO

Para a narrativa tão extravagante, porém tão despretensiosa, que estou prestes a escrever, não espero nem peço que deem crédito. Louco, na verdade, seria eu de esperar isso, num caso em que mesmo os meus sentidos rejeitam sua própria evidência. Entretanto, louco não sou — e, com certeza, não estou sonhando. Mas amanhã morrerei e hoje preciso aliviar a alma. Meu propósito imediato é apresentar ao mundo, de forma clara, sucinta e sem comentários, uma série de meros eventos domésticos. Nas suas consequências, esses eventos aterraram-me — torturaram-me — destruíram-me. Contudo, não tentarei interpretá-los. Para mim, eles só trouxeram o horror — para muitos, parecerão mais barrocos que terríveis. Mais tarde, talvez, haja algum intelecto que venha a reduzir as minhas assombrações ao lugar-comum — algum intelecto mais calmo, mais lógico e muito menos impressionável do que o meu, que perceberá, nas circunstâncias que detalho com estupefação, tão somente uma sucessão corriqueira de causas e efeitos muito naturais.

Desde a infância, eu me distinguia pela docilidade e pela humanidade do meu temperamento. A ternura de meu coração era mesmo tão evidente que fazia de mim o objeto de zombaria de meus companheiros. Eu gostava especialmente de animais e era presenteado por meus pais com uma grande variedade de animais de estimação. Com eles eu passava a maior parte do tempo, e nada me fazia mais feliz do que os alimentar e acariciar. Essa peculiaridade de temperamento acentuou-se com o meu crescimento, e, já adulto, eu extraía disso uma de minhas principais fontes de prazer. Para aqueles que já nutriram uma afeição por um cão fiel e sagaz, não preciso me dar ao trabalho de explicar a natureza ou a intensidade da gratificação assim obtida. Existe algo no amor desinteressado e abnegado de um animal que chega diretamente ao coração daquele que já teve ocasiões frequentes de testar a amizade mesquinha e a fidelidade frágil do simples *Homem*.

Casei-me cedo e tive a felicidade de encontrar, na minha esposa, um temperamento que não destoava do meu. Observando o meu apego aos animais domésticos, ela não perdia a oportunidade de obter as espécies mais agradáveis. Possuíamos pássaros, peixinhos dourados, um lindo cão, coelhos, um pequeno macaco e um *gato*.

Este era um animal excepcionalmente grande e belo, inteiramente preto, e de uma sagacidade impressionante. Ao falar de sua inteligência, minha esposa, que no fundo era bastante dada a superstições, fazia alusões frequentes à antiga crença popular que considerava todos os gatos pretos como bruxas disfarçadas. Não que ela levasse a *sério* esse assunto — e menciono esse fato apenas porque ele, justamente agora, vem à minha lembrança.

Plutão — esse era o nome do gato — era meu animal de estimação e companheiro favorito. Só eu o alimentava, e ele me seguia aonde quer que fosse na casa. Era com dificuldade até que eu o impedia de me seguir pelas ruas.

Nossa amizade durou, dessa forma, vários anos, durante os quais meu temperamento e caráter geral — por meio do Demônio da Intemperança (enrubesço ao confessar isso) — sofreram uma radical mudança para pior. Fui-me tornando, dia após dia, mais taciturno, mais irritável, mais indiferente aos sentimentos dos outros. Fui levado a usar um linguajar imoderado com minha esposa. Por fim, cheguei a impingir-lhe violência física. Meus animais de estimação, evidentemente, foram obrigados a sentir a mudança no meu temperamento. Eu não apenas os negligenciava, mas os tratava mal. Por Plutão, entretanto, eu ainda conservava suficiente consideração para me abster de maltratá-lo, mas não tinha qualquer escrúpulo de maltratar os coelhos, o macaco ou até o cão, quando, por acidente ou afeição, eles atravessavam o meu caminho. Mas minha doença crescia em mim — pois a doença é como o álcool! — e, finalmente, mesmo Plutão, que já estava envelhecendo e, consequentemente, ficando um pouco rabugento — mesmo Plutão começou a sofrer os efeitos do meu mau humor.

Uma noite, regressando a casa, muito atordoado, após uma das minhas folias pela cidade, tive a impressão de que o gato evitava a minha presença. Agarrei-o; foi quando ele, amedrontado com minha violência, causou um leve ferimento em minha mão com os dentes. A fúria de um demônio imediatamente apossou-se de mim. Eu mesmo não me conhecia mais. Minha alma original parecia de pronto ter abandonado meu corpo; e uma malevolência mais que diabólica, alimentada pelo gim, dominou todas as fibras do meu corpo. Tirei do bolso do colete um canivete, abri a lâmina, agarrei o pobre animal pela garganta e deliberadamente arranquei um de seus olhos da órbita! Enrubesço, ardo, estremeço ao escrever essa horrível atrocidade.

Quando a razão voltou, juntamente com o amanhecer — quando eu havia eliminado, com o sono, os vapores da orgia noturna — experimentei um sentimento misto de horror e remorso pelo crime do qual era culpado; mas era, no máximo, um sentimento fraco e ambíguo, e a alma permaneceu intocada. Tornei a mergulhar nos excessos e logo afoguei no vinho toda a lembrança do ato.

Nesse meio-tempo, o gato recuperou-se lentamente. A órbita do olho perdido, é verdade, tinha uma aparência assustadora, mas ele não parecia mais sentir dor alguma. Andava pela casa como de hábito, mas, como era de se esperar, fugia completamente aterrorizado com a minha aproximação. Eu ainda sentia muito da minha antiga afeição e, de início, sofria com a evidente repulsa por parte de uma criatura que certa vez me havia amado tanto. Mas esse sentimento logo cedeu lugar à irritação. E então chegou, como para minha derrocada final e irrevogável, o espírito da PERVERSIDADE. Desse espírito, a filosofia não trata. No entanto, assim como tenho certeza de que minha alma vive, sei que a perversidade é um dos instintos primitivos do coração humano — uma das faculdades ou sentimentos primários indivisíveis, que orientam o caráter do Homem. Quem, uma centena de vezes, não cometeu um ato vil ou estúpido, simplesmente por saber que *não* deveria? Não temos nós uma inclinação perpétua, contrariamente ao nosso melhor julgamento, de violar aquilo que é a *Lei*, simplesmente porque entendemos que é assim? Esse espírito de perversidade, digo agora, surgiu para minha derrocada definitiva. Foi esse anseio desmedido da alma de *atormentar-se* — de empregar violência contra a sua própria natureza — de fazer o mal pelo mal — que me impeliu a continuar e a finalmente consumar a lesão que eu havia infligido ao indefeso animal. Certa manhã, a sangue-frio, passei um laço por seu pescoço e enforquei-o no galho de uma árvore — enforquei-o com lágrimas escorrendo dos olhos e com o mais amargo remorso no coração —; enforquei-o *porque* sabia que ele me havia amado, e *porque* eu sentia que ele não me havia dado qualquer motivo de ofensa —; enforquei-o *porque* sabia que, ao fazer isso, eu estava cometendo um pecado — um pecado mortal que iria condenar minha alma imortal e colocá-la — se é que isso é possível — fora até mesmo do alcance da misericórdia infinita do Mais Benevolente e Mais Terrível Deus.

Na noite do dia em que esse ato cruel foi cometido, fui acordado do sono pelo crepitar do fogo. O cortinado de meu leito estava em chamas. A casa inteira ardia. Foi com muita dificuldade que minha esposa, um criado e eu conseguimos escapar do grande incêndio. A destruição foi completa. Toda a minha riqueza material foi devastada, e eu me resignei, desde então, ao desespero.

 Julgo-me acima da fraqueza de procurar estabelecer uma sequência de causa e efeito entre o desastre e a atrocidade. Mas estou detalhando uma cadeia de fatos — e não desejo deixar nem mesmo uma possível conexão imperfeita. No dia seguinte ao incêndio, visitei as ruínas. As paredes, com uma exceção, haviam desmoronado. Essa exceção estava em uma parede divisória, não muito grossa, que havia aproximadamente no meio da casa, e contra a qual havia estado a cabeceira de minha cama. O acabamento da estrutura ali, em grande parte, havia resistido à ação do fogo — o que atribuí ao fato de ele ter sido aplicado recentemente. Ao redor dessa parede, uma densa multidão estava reunida, e várias pessoas pareciam examinar uma porção específica da parede com minuciosa e ávida atenção. As palavras "estranho!" "singular!" e outras expressões semelhantes excitaram minha curiosidade. Aproximei-me e vi, como se gravada em baixo-relevo sobre a superfície branca, a figura de um gigantesco *gato*. A impressão era obtida com uma exatidão verdadeiramente maravilhosa. Havia uma corda ao redor do pescoço do animal.

 Assim que vi essa aparição — pois não podia considerá-la menos que isso —, meu espanto e terror foram imensos. Mas, depois, a reflexão veio em meu auxílio. O gato, lembrei, havia sido enforcado em um jardim ao lado da casa. No momento do alarme de incêndio, esse jardim havia sido imediatamente tomado pela multidão —

e alguém deve ter cortado a corda e liberado o animal da árvore, atirando-o pela janela aberta para dentro de meus aposentos. Aquilo provavelmente deve ter sido feito com o objetivo de me acordar. O desabamento das outras paredes havia comprimido a vítima de minha crueldade na substância do acabamento recém-aplicado; a cal, juntamente com as chamas e a *amônia* presente na carcaça, haviam então formado o retrato que vi.

Embora eu assim prontamente prestasse conta à minha razão, mas não completamente à minha consciência, do surpreendente fato que acabei de detalhar, ele não deixou de causar uma profunda impressão em minha imaginação. Por meses, não consegui livrar-me do fantasma do gato; e, durante esse período, voltou ao meu espírito um sentimento parcial que parecia, mas não era, remorso. Cheguei ao ponto de lamentar a perda do animal e procurar, nos antros desprezíveis que então habitualmente frequentava, outro animal de estimação da mesma espécie e de aparência mais ou menos semelhante para preencher sua falta.

Uma noite, sentado, meio estupidificado, em um covil mais que infame, minha atenção repentinamente voltou-se para um objeto preto que repousava no topo de um dos imensos barris de gim, ou de rum, que constituíam a principal mobília do aposento. Eu havia olhado fixamente para o topo desse barril por alguns minutos, e o que me causava surpresa era o fato de não ter percebido antes o objeto que ali estava. Aproximei-me e toquei-o com a mão. Era um gato preto — bem grande — tão grande quanto Plutão e muitíssimo parecido com ele em todos os aspectos, exceto um. Plutão não tinha nenhum pelo branco em qualquer parte do corpo; mas esse gato apresentava uma grande, porém indefinida, mancha branca que cobria quase toda a região do peito.

Quando o toquei, ele imediatamente se levantou, ronronou alto, esfregou-se na minha mão e parecia encantado com a minha atenção. Essa era, então, a própria criatura que eu procurava. Imediatamente fiz uma oferta ao proprietário do estabelecimento para comprá-lo; mas a tal pessoa disse não o possuir — nada sabia do animal, nunca o havia visto antes.

Continuei com minhas carícias e, quando me preparava para voltar para casa, o animal demonstrou disposição para me acompanhar. Permiti que ele assim fizesse, curvando-me ocasionalmente para agradá-lo enquanto caminhava. Quando chegou em casa, de pronto domesticou-se e imediatamente tornou-se um grande favorito de minha esposa.

De minha parte, logo senti uma aversão a ele crescendo dentro de mim. Era exatamente o oposto do que eu havia antecipado; mas — não sei como nem por quê — seu evidente carinho por mim na verdade me desagradava e irritava. Aos poucos, esses sentimentos de repulsa e irritação avolumaram-se no amargor do ódio. Eu evitava a criatura; certa sensação de vergonha e a lembrança do meu ato de crueldade anterior impediam-me de agredi-lo fisicamente. Por algumas semanas, não bati nele ou usei outra violência física; mas, gradualmente — muito gradualmente —, passei a vê-lo com inexprimível ódio e a fugir silenciosamente de sua odiosa presença, como do sopro de uma pestilência.

O que agravou, sem dúvida, o meu ódio pelo animal foi descobrir, na manhã depois de tê-lo trazido para casa que, como Plutão, ele também havia sido privado de um dos olhos. Essa circunstância, contudo, apenas o tornou o querido de minha esposa, que, como já disse, possuía, em alto grau, aquela humanidade de sentimentos que fora no passado minha marca distintiva e a fonte de muitos dos meus prazeres mais puros e simples.

Com minha aversão a esse gato, entretanto, a preferência dele por mim parecia aumentar. Ele seguia os meus passos com uma tenacidade que seria difícil fazer o leitor compreender. Quando eu me sentava, ele se aconchegava embaixo da cadeira ou saltava no meu colo, cobrindo-me com repugnantes carinhos. Se me levantava para andar, ele se enfiava entre meus pés e assim quase me fazia cair, ou, enfiando as longas e afiadas garras na minha roupa, subia dessa forma até o meu peito. Nesses momentos, embora eu desejasse destruí-lo com um golpe, ainda me sentia impedido de fazê-lo, em parte pela memória de meu crime anterior, mas principalmente — deixem-me confessar de uma vez — por um absoluto *pavor* do animal.

Esse pavor não era exatamente um pavor do mal físico — e, contudo, não conseguiria defini-lo de outra maneira. Sinto quase vergonha de admitir — sim, mesmo nesta cela de condenado, sinto quase vergonha de admitir — que o terror e o horror que o animal me inspirava haviam se intensificado graças a uma das mais simples quimeras que seria possível conceber. Minha esposa havia chamado minha atenção, mais de uma vez, para o formato da mancha de pelo branco, do qual já falei, e que constituía a única diferença visível entre o estranho animal e aquele que eu havia destruído. O leitor se lembra de que essa mancha, embora grande, havia sido a princípio muito indefinida; mas, aos poucos — de uma forma quase imperceptível, que a minha razão por muito tempo tentou rejeitar como fantasiosa — havia, finalmente, adquirido a nitidez rigorosa de um contorno. Ela era agora a representação de um objeto que me causa calafrios mencionar — e por isso, acima de tudo, eu o detestava e temia, e teria me livrado do monstro *se tivesse coragem* — ela era agora a imagem de uma coisa horrenda — medonha — de FORCA! — ó engenho lúgubre e terrível de Horror e Crime — de Agonia e Morte!

E agora estava eu de fato desgraçado para além da desgraça da mera Humanidade. E *um animal bruto* — cujo irmão eu havia vergonhosamente destruído — *um animal bruto* trazia para *mim* — para mim, um homem criado à imagem do Deus Maior — tanto infortúnio insustentável! Ai de mim! Nem de dia, nem de noite, conseguia eu encontrar mais a bênção do repouso! Durante o dia, a criatura não me deixava sozinho um minuto e, durante a noite, eu acordava sobressaltado de hora em hora, com sonhos de indizível medo, para encontrar o hálito quente *da coisa* no meu rosto, e o seu vasto peso — um pesadelo encarnado que eu não conseguia dissipar — pousado eternamente sobre o meu *coração*!

Sob a pressão de tormentos como esses, os frágeis resquícios do bem dentro de mim acabaram sucumbindo.

Pensamentos maus tornaram-se minha única companhia íntima — os mais negros e maldosos pensamentos. A irritabilidade do meu temperamento habitual cresceu, tornando-se um ódio de todas as coisas e todos os homens; ao passo que, dessas manifestações repentinas, frequentes e incontroláveis de fúria às quais eu agora me entregava cegamente, minha resignada esposa, pobre dela, era a mais frequente e a mais paciente das vítimas.

Um dia, ela me acompanhou, durante uma incumbência doméstica, até o porão da velha casa em que nossa pobreza obrigou-nos a morar. O gato me seguiu pelos íngremes degraus e quase me jogou de cabeça para baixo, o que me deixou furiosamente irritado. Levantando um machado e esquecendo, em meu ódio, o medo infantil que até aquele momento havia impedido minha mão, desferi um golpe no animal, que, evidentemente, teria sido instantaneamente fatal, se tivesse descido como eu pretendia. Mas esse golpe foi aparado pela mão de minha esposa. Alucinado pela interferência e tomado por uma raiva mais que demoníaca, livrei meu braço de suas mãos e enterrei o machado no cérebro dela. Ela caiu morta no ato, sem um gemido.

Concluído esse medonho assassinato, entreguei-me imediatamente, e com total convicção, à tarefa de ocultar o corpo. Sabia que não poderia retirá-lo da casa, durante o dia ou à noite, sem o risco de ser observado pelos vizinhos. Muitos projetos me vieram à mente. Em determinado momento, pensei em cortar o corpo em pequenos fragmentos e atirá-los no fogo. Em outro, resolvi cavar uma cova no chão do porão. Em seguida, considerei jogá-lo no poço do quintal — acomodá-lo em uma caixa, como uma mercadoria, com os arranjos necessários, e providenciar um portador para levar a caixa embora. Finalmente, encontrei algo que considerei um expediente muito melhor do que qualquer um desses. Resolvi emparedar o corpo no porão, como os monges da Idade Média emparedavam suas vítimas, de acordo com os registros.

Para um propósito como esse, o porão servia bem. As paredes eram construídas com folga e recentemente haviam sido inteiramente revestidas com reboco grosso, que a umidade da atmosfera havia impedido de endurecer. Além disso, em uma das paredes havia uma projeção, causada por uma falsa chaminé ou uma lareira, que havia sido preenchida e revestida para parecer com o resto do porão. Não tive dúvida alguma de que eu poderia facilmente soltar os tijolos nesse lugar, inserir o cadáver e refazer a parede como antes, de modo que olhar nenhum pudesse detectar qualquer coisa suspeita.

E, nesse plano, eu não estava enganado. Com a ajuda de uma alavanca, soltei os tijolos com facilidade e, após depositar cuidadosamente o corpo contra a parede interna, escorei-o nessa posição, enquanto, com pouca dificuldade, refazia toda a estrutura tal como era originalmente. Depois de obter argamassa, areia e fibras, com a máxima precaução, preparei um reboco que não se diferenciava do antigo e assim executei com muito cuidado o novo trabalho de alvenaria. Quando terminei, fiquei satisfeito, pois tudo estava certo. A parede não apresentava o menor sinal de ter sido modificada. O lixo no chão foi recolhido com extremo cuidado. Olhei em volta triunfantemente e disse a mim mesmo: "Aqui, pelo menos, meu esforço não foi em vão".

O próximo passo foi procurar o animal que havia sido a causa de tamanha desgraça, pois havia, por fim, decidido, firmemente, sacrificá-lo. Se eu tivesse conseguido encontrá-lo naquele momento, não haveria dúvida quanto ao seu destino; mas aparentemente o ardiloso animal havia se assustado com a violência de minha raiva anterior e absteve-se de se apresentar diante de meu atual estado de espírito. É impossível descrever ou imaginar o profundo e jubiloso alívio que a ausência da criatura detestada causou em meu peito. Ele não fez sua aparição durante a noite; e assim, por uma noite, pelo menos, desde a sua chegada a casa, eu dormi profunda e tranquilamente; sim, *dormi*, mesmo com o peso de um assassinato em minha alma.

O segundo e o terceiro dias se passaram, e, no entanto, o meu algoz não apareceu. Mais uma vez, respirei como um homem livre. O monstro, aterrorizado, havia fugido para sempre! Não precisaria vê-lo nunca mais! Minha felicidade era completa! A culpa pelo ato vil pouco me perturbava. Algumas poucas perguntas haviam sido feitas, mas foram prontamente respondidas. Até mesmo uma busca havia sido realizada — mas, claro, nada havia a descobrir. Considerei minha futura felicidade assegurada.

No quarto dia depois do assassinato, um grupo de policiais veio, muito inesperadamente, à minha casa e novamente pôs-se a fazer uma rigorosa investigação do local. Seguro, entretanto, da inescrutabilidade do meu esconderijo, não senti qualquer embaraço. Os policiais solicitaram que eu os acompanhasse na busca. Não deixaram um canto ou recanto sem explorar. Por fim, pela terceira ou pela quarta vez, desceram até o porão. Não movi um músculo sequer. Meu coração batia calmamente como o de alguém que dorme na inocência. Caminhei pelo porão de ponta a ponta. Cruzei os braços sobre o peito e andei calmamente por ali. Os policiais estavam completamente satisfeitos e se preparavam para partir. A alegria em meu coração era intensa demais para ser contida. Eu ansiava por dizer uma palavra que fosse, como forma de triunfo, e para redobrar a certeza deles da minha inocência.

"Senhores", disse eu afinal, enquanto o grupo subia os degraus, "fico feliz em ter acalmado suas suspeitas. Desejo saúde a todos e um pouco mais de cortesia. A propósito, esta é uma casa muito bem construída" (no desejo louco de dizer alguma coisa com desenvoltura, mal sabia o que estava falando), — "eu diria até uma casa *excelentemente* bem construída. Estas paredes — os senhores já vão? —, estas paredes são sólidas"; e nesse momento, graças ao puro frenesi da bravata, bati pesadamente com uma bengala que carregava na mão exatamente no ponto da alvenaria atrás do qual estava o cadáver de minha adorada esposa.

Mas Deus me livre e me proteja das garras do Demônio! Assim que a reverberação dos meus golpes caiu no silêncio, recebi como resposta uma voz que provinha da tumba! Um grito, a princípio abafado e interrompido, como o soluçar de uma criança, e depois crescendo depressa em um longo, alto e contínuo berro, totalmente anômalo e inumano — um uivo — um guincho lamentoso, meio de horror, meio de triunfo, que só poderia ter vindo do inferno, das gargantas dos desgraçados em agonia e dos demônios que exultam na desgraça.

    Sobre os meus próprios pensamentos, é loucura falar. Atordoado, cambaleei até a parede oposta. Por um momento, o grupo na escada permaneceu imóvel, devido ao extremo terror e espanto. No momento seguinte, uma dúzia de braços rijos começou a trabalhar na parede. Ela desabou pesadamente. O cadáver, já bastante decomposto e manchado de sangue coagulado, surgiu ereto diante dos olhos dos espectadores. Sobre a cabeça, com a rubra boca arreganhada e o solitário olho de fogo, sentava-se a horrível criatura, cuja malícia havia me seduzido a cometer assassinato, e cuja reveladora voz havia me consignado ao carrasco. Eu havia emparedado o monstro dentro da tumba.

# WILLIAM WILSON

"O que dizer disso? O que diz a
CONSCIÊNCIA austera,
Esse espectro em meu caminho?"[1]

*Pharronida*, de Chamberlain

Permitam que eu me chame, por agora, William Wilson. A página límpida que ora se apresenta diante de mim não precisa ser maculada com meu verdadeiro nome. Este já tem sido por demais objeto de

---

[1] Há duas traduções possíveis desta epígrafe. Uma delas é "O que dizer da austera CONSCIÊNCIA, esse espectro em meu caminho?", resultante do texto original encontrado nas publicações do autor anteriores a 1845: "What say of it? what say of CONSCIENCE grim, / That spectre in my path?". A outra, feita a partir do original em que nos baseamos para esta tradução e que consta das publicações posteriores a 1845, é a seguinte: "What say of it? what say CONSCIENCE grim, / That spectre in my path?".

Para mais referências, consultar Thomas Ollive Mabbott, "Motto for William Wilson" in *The Collected Works of Edgar Allan Poe*, vol. I, 1969 (http://www.eapoe.org/works/mabbott/tom1p073.htm), texto esse abrigado pela Edgar Allan Poe Society of Baltimore (http://www.eapoe.org).

escárnio — de horror — de abominação para minha raça. E não é que, até nas regiões mais remotas do planeta, os ventos indignados espalharam a infâmia inigualável desse nome? Oh, pária de todos os párias mais abandonados! — para o mundo não estás eternamente morto? Para suas honras, para suas flores, para suas áureas aspirações? — e uma nuvem densa, funesta e ilimitada, não paira ela para sempre entre tuas esperanças e o céu?

Eu não gostaria de reunir, ainda que pudesse, aqui ou agora, as recordações de meus últimos anos de indizível miséria e crime imperdoável. Essa época — esses últimos anos — carrega consigo uma ampliação repentina de torpeza, cuja origem apenas é meu atual propósito revelar. Os homens costumam tornar-se desprezíveis pouco a pouco. De mim, em um só instante, toda a virtude desprendeu-se de uma vez como um manto. Da maldade relativamente trivial, eu caminhei, a passos de gigante, para atrocidades ainda mais impressionantes que as de um Heliogábalo.[2] Que acaso — que evento singular provocou essa maldição, peço-lhes que sejam pacientes comigo enquanto o relato. A morte se aproxima; e a sombra que a antecede lança uma influência suavizante em meu espírito. Anseio, ao atravessar o vale sombrio,

---

[2] Heliogábalo (cerca de 203 a 222 d.C.) foi o imperador romano Marcus Aurelius Antoninus, que assumiu o poder entre 218 e 222 d.C. Somente foi chamado Heliogábalo após sua morte, provavelmente por ter servido como sacerdote do deus El-Gabal quando jovem. Seu reinado foi caracterizado principalmente por seus desregramentos e prazeres grosseiros.

pela simpatia — quase disse pela piedade — de meus semelhantes. Eu me contentaria em fazê-los crer que tenho sido, em alguma medida, escravo de circunstâncias superiores ao controle humano. Desejaria que descobrissem para mim, nos detalhes que estou prestes a contar, algum pequeno oásis de *fatalidade* em meio a um deserto de erros. Gostaria que admitissem — e não podem deixar de admiti-lo — que, embora enorme tentação já tenha havido, nenhum homem foi, pelo menos, tentado *assim* antes — e certamente, jamais decaiu *assim*. E será por isso, então, que ele jamais sofreu tanto assim? Não tenho eu, de fato, vivido em um sonho? E não estou agora morrendo, vitimado pelo horror e pelo mistério da mais desvairada de todas as visões sublunares?

Sou descendente de uma raça cujo temperamento imaginativo e facilmente excitável tornou-a, em todas as eras, digna de nota; e, desde a mais remota infância, dei sinais de haver herdado inteiramente o caráter da família. À medida que fui crescendo, ele se desenvolveu com mais força, tornando-se, por muitas razões, causa de séria inquietude para meus amigos e de inegáveis danos para mim mesmo. Cresci voluntarioso, afeito aos mais excêntricos caprichos, propenso às mais ingovernáveis paixões. Meus pais, de caráter fraco e afetados por enfermidades constitucionais semelhantes às minhas, pouco puderam fazer para refrear as más inclinações que me distinguiam. Alguns esforços débeis e mal dirigidos resultaram em completo fracasso da parte deles e, naturalmente, em total triunfo da minha. Desde então, minha voz foi a lei da casa; e, em uma idade em que poucas crianças haviam abandonado as andadeiras,[3] fui deixado à mercê de minha própria vontade e me tornei, em tudo, exceto no nome, o mestre de minhas próprias ações.

Minhas primeiras recordações da vida escolar estão relacionadas a uma casa grande, sinuosa, elisabetana, em uma aldeia nebulosa da Inglaterra, onde havia uma quantidade enorme de árvores gigantescas e nodosas e onde todas as casas eram excessivamente antigas. Na verdade, era um lugar etéreo e apaziguante para o espírito, aquela antiga cidade venerável. Neste mesmo momento, em minha imaginação, sinto o frio refrescante de suas alamedas profundamente sombreadas, respiro a fragrância de seus milhares de arbustos e volto a vibrar com indefinível deleite ao ouvir a profunda nota cava do sino da igreja, rompendo, a cada hora, com um estrondo repentino e casmurro, a quietude da atmosfera sombria na qual o desgastado campanário gótico encontrava-se encravado e adormecido.

Dá-me, talvez, todo o prazer que hoje consigo de algum modo sentir, reviver as minuciosas lembranças da escola e de suas inquietações. Mergulhado na miséria como estou — miséria, infelizmente! demasiado real —, devo ser perdoado por buscar alívio, ainda que pequeno e temporário, na fraqueza de uns poucos detalhes desconexos. Esses, além do mais totalmente corriqueiros e até mesmo ridículos em si, assumem, em minha imaginação,

---

[3] Faixas de pano usadas sob as axilas das crianças para ensiná-las a andar.

uma importância fortuita, já que estão relacionados com um período e um local em que reconheço as primeiras advertências ambíguas do destino que mais tarde me ofuscou por completo. Permitam-me então relembrar.

A construção, como disse, era antiga e irregular. Os jardins eram amplos, e um muro de tijolos, alto e sólido, encimado por uma platibanda de argamassa e vidro partido, circundava o conjunto. Essa muralha semelhante a uma prisão formava o limite do nosso domínio; nosso olhar ia além dela apenas três vezes por semana — uma vez aos sábados à tarde, quando, acompanhados por dois professores, tínhamos permissão de fazer rápidos passeios em grupo por alguns campos da vizinhança — e duas vezes aos domingos, quando éramos conduzidos com a mesma formalidade para o serviço da manhã e o da noite na única igreja da aldeia. Dessa igreja, o diretor de nossa escola era o pastor. Com que profundo espírito de encantamento e perplexidade eu costumava olhá-lo de nosso remoto banco na galeria, à medida que, com passo solene e lento, ele subia ao púlpito! Esse reverendo homem, com fisionomia tão recatadamente benigna, com paramentos tão acetinados e tão clericalmente ondulantes, com sua peruca tão minuciosamente empoada, tão rígido e tão vasto —, como podia ser ele o mesmo que, pouco antes, com semblante amargo e em roupas sujas de rapé, aplicava, com a palmatória na mão, as leis draconianas do colégio? Oh, gigantesco paradoxo, monstruoso demais para ter solução!

A um canto do pesado muro, impunha-se um portão ainda mais pesado. Era rebitado e crivado com ferrolhos de ferro e coberto de pontas de ferro chanfradas. Que impressões de profundo respeito não inspirava! Ele nunca era aberto, a não ser para as três saídas e entradas periódicas já mencionadas; então, em cada rangido de suas poderosas dobradiças, encontrávamos uma plenitude de mistério — um mundo de temas para solene observação ou ainda mais solene meditação.

O amplo recinto tinha forma irregular e muitos recessos espaçosos. Desses, três ou quatro dos maiores constituíam o pátio de recreio. Ele era plano e coberto de fino cascalho duro. Lembro-me bem de que não continha árvores, nem bancos, nem qualquer coisa semelhante. Naturalmente, ficava na parte de trás da casa. Na frente, encontrava-se um pequeno jardim, plantado com buxos e outros arbustos, mas, através dessa sagrada divisória, passávamos apenas em raras ocasiões — como no dia da admissão ao colégio ou no dia da partida, ou talvez quando um dos pais ou algum amigo vinha nos buscar para voltarmos alegremente a casa no Natal ou nas férias de verão.

Mas a casa! — que prédio estranho e antigo era aquele! — Para mim, que verdadeiro palácio de encantamento! Realmente, não havia fim para suas sinuosidades — para suas incompreensíveis subdivisões. Era difícil, em qualquer momento, dizer com certeza em qual de seus dois andares nos encontrávamos. De cada aposento para outro, certamente seria possível encontrar três ou quatro degraus para subir ou descer. Além disso, as ramificações laterais eram inumeráveis — inconcebíveis — e tão cheias de reviravoltas que nossas ideias mais exatas quanto à mansão toda não eram muito diferentes daquelas com que ponderávamos sobre o infinito. Durante os cinco anos de minha permanência ali, nunca fui capaz de determinar com precisão em que remota localidade ficava o pequeno dormitório que foi designado a mim e a uns dezoito ou vinte outros alunos.

A sala de estudos era a maior da casa — eu não podia deixar de pensar que era a maior do mundo. Era muito longa, estreita e sombriamente baixa, com pontiagudas janelas góticas e teto de carvalho. Em um canto remoto que inspirava terror, encontrava-se um compartimento quadrado de dois ou três metros, que constituía o *sanctum*, "durante as horas de trabalho", de nosso diretor, o Reverendo Dr. Bransby. Era uma estrutura sólida, com porta maciça; ao invés de abri-la na ausência do *Dominie*, todos teríamos preferido de bom grado morrer pela *peine forte et dure*.[4] Em outros cantos, havia outros dois recintos semelhantes, muito menos reverenciados na verdade, mas ainda assim inspiradores de grande temor. Um deles era o púlpito do professor de "letras clássicas"; o outro, do professor de "inglês e matemática". Espalhados pela sala, cruzando-se e entrecruzando-se em interminável irregularidade, encontravam-se inúmeros bancos e carteiras, negros, antigos e gastos pelo tempo, desesperadamente abarrotados de livros muito manuseados e tão marcados

---

[4] *Peine forte et dure* (em francês jurídico, "punição implacável e forçada") era um método de tortura aplicado antigamente aos réus que se recusavam a apelar e mantinham-se em silêncio; em seu peito, eram colocadas pedras cada vez mais pesadas até que se defendessem ou morressem.

a canivete com letras iniciais, nomes por extenso, figuras grotescas e outras múltiplas proezas, que haviam perdido inteiramente a pouca forma original que poderiam ter tido em dias longínquos. Um enorme balde com água ficava em uma extremidade da sala e um relógio de dimensões estupendas, na outra.

Rodeado pelas paredes maciças dessa venerável academia, eu passei, embora sem tédio ou aversão, os anos do terceiro lustro de minha vida. O cérebro fértil da infância não requer o mundo externo do incidente para ocupar-se ou divertir-se; e a monotonia aparentemente triste de uma escola era repleta de uma excitação mais intensa do que aquela que minha juventude mais madura derivou do luxo ou minha plena maturidade derivou do crime. Contudo, devo crer que meu primeiro desenvolvimento mental continha em si muito do incomum — até mesmo muito do *outré*.[5] Para a humanidade em geral, os eventos do início da existência raramente deixam alguma impressão definida na idade madura. Tudo é uma sombra cinzenta — uma lembrança fraca e irregular — um indistinto reagrupamento de prazeres frágeis e dores fantasmagóricas. Comigo, não é assim. Na infância, devo ter sentido com a energia de um homem aquilo que agora encontro estampado na memória em linhas tão vívidas, tão profundas e tão duradouras como os *exergos* das medalhas cartaginesas.

---

[5] Em francês no original, a palavra significa "exagerado".

Mas, de fato — no fato da visão do mundo —, como havia pouco para lembrar! O despertar da manhã, o chamado para dormir à noite; o estudo das lições, as recitações; os semiferiados periódicos e as perambulações; o pátio de recreio com seus tumultos, seus passatempos, suas intrigas; — tudo isso, por uma feitiçaria mental há muito esquecida, acabou envolvendo um ímpeto de sensações, um mundo de ricos incidentes, um universo de emoções variadas e da mais apaixonada e efervescente excitação do espírito. "*Oh, le bon temps, que ce siècle de fer!*".[6]

Na verdade, o ardor, o entusiasmo e a imperiosidade de minha disposição logo me atribuíram um caráter distinto entre meus colegas e, por gradações lentas, mas naturais, deram-me ascendência sobre todos que não eram muito mais velhos que eu — sobre todos com uma única exceção. Tal exceção encontrava-se na pessoa de um aluno que, embora não tivesse parentesco algum comigo, tinha o mesmo nome de batismo e o mesmo sobrenome que eu; — circunstância, de fato, pouco notável; isso porque, a despeito de uma nobre descendência, minha denominação era uma daquelas cotidianas que parecem, por direito de prescrição, ter sido propriedade comum da turba em tempos imemoriais. Nesta narrativa, designei-me, portanto, como William Wilson — um título fictício não muito dessemelhante do original. Meu homônimo apenas, dentre todos os que na fraseologia da escola constituíam "nossa turma", atreveu-se a competir comigo nos estudos

---

[6] "Oh, os bons tempos, este século de ferro!"

da classe, nos esportes e nas disputas do recreio — a recusar sua crença implícita em minhas afirmações e sua submissão à minha vontade — com efeito, a interferir em minhas ordens arbitrárias sobre qualquer assunto. Se há na terra um despotismo supremo e desqualificado, é o despotismo de um mentor na juventude sobre os espíritos menos enérgicos de seus companheiros.

A rebeldia de Wilson era, para mim, uma fonte de enorme constrangimento; principalmente porque, apesar da fanfarronice com que, em público, eu fazia questão de tratá-lo e às suas pretensões, eu sentia em segredo que o temia e não conseguia deixar de pensar na igualdade que mantinha tão facilmente em relação a mim; prova de sua verdadeira superioridade, já que não ser superado custava-me uma luta perpétua. Porém, essa superioridade — até mesmo essa igualdade — era na verdade reconhecida apenas por mim; nossos colegas, por alguma cegueira inexplicável, pareciam nem sequer suspeitar disso. De fato, sua competição, sua resistência e, em especial, sua interferência impertinente e obstinada com meus propósitos eram mais evidentes apenas em particular. Ele também parecia ser destituído da ambição que me incitava e da apaixonada energia mental que me permitia sobressair. Em sua rivalidade, parecia que atuava exclusivamente a partir de um desejo caprichoso de me contrariar, surpreender ou mortificar; embora algumas vezes eu não pudesse deixar de observar, com um sentimento feito de admiração, humilhação e irritação, que ele mesclava a suas injúrias, seus insultos ou suas contradições, certo tipo de *afetividade* extremamente inadequado e certamente muito inoportuno. Eu só podia considerar que esse comportamento singular procedia de uma presunção arrogante que assumia a aparência vulgar de condescendência e proteção.

Talvez tenha sido esse último traço no comportamento de Wilson, conjugado à nossa identidade de nome e ao mero acaso de termos entrado na escola no mesmo dia, que trouxe à baila a ideia de que éramos irmãos, entre os alunos mais velhos do colégio. Estes geralmente não investigavam com muita exatidão os assuntos dos mais jovens. Eu já disse antes, ou deveria ter dito, que Wilson não era, nem da maneira mais remota, aparentado com minha família. Mas certamente, se *fôssemos* irmãos, teríamos sido gêmeos; isso porque, depois de deixar o colégio do Dr. Bransby, fiquei sabendo por acaso que meu homônimo tinha nascido no dia 19 de janeiro de 1813 — e essa é uma coincidência bem notável; porque esse é precisamente o dia de meu próprio nascimento.

Pode parecer estranho que, apesar da contínua ansiedade ocasionada em mim pela rivalidade de Wilson e por seu intolerável espírito de contradição, eu não conseguisse odiá-lo inteiramente. Tínhamos, por certo, quase todos os dias, uma altercação na qual, concedendo-me publicamente a palma da vitória, ele de algum modo me obrigava a sentir que era ele que a tinha merecido; mas uma sensação de orgulho de minha parte e uma verdadeira dignidade da sua mantinham-nos sempre naquilo que se chama "bons termos", embora houvesse muitos pontos de forte congenialidade em nossos temperamentos operando para despertar em mim um sentimento que apenas nossa posição talvez impedisse de amadurecer em amizade. É difícil, de fato, definir ou até mesmo descrever meus verdadeiros sentimentos em relação a ele. Formavam uma mistura complexa e heterogênea — certa animosidade petulante, que ainda não era ódio, certa estima, mais respeito, muito temor, com um universo de curiosidade inquieta. Para o moralista, será necessário dizer, além disso, que Wilson e eu éramos os companheiros mais inseparáveis.

Foi sem dúvida o estado anômalo das relações existentes entre nós que dirigiu todos os meus ataques a ele (e foram muitos, abertos ou velados) para o canal do gracejo ou da brincadeira de mau gosto (causando dor embora assumissem o aspecto da mera diversão) e não para uma hostilidade mais séria e determinada. Mas minhas tentativas nesse âmbito não eram de modo algum bem-sucedidas de maneira uniforme, nem mesmo quando meus planos eram concebidos com a máxima agudeza; isso porque meu homônimo tinha muito em si, em seu caráter, daquela austeridade modesta e tranquila que, embora desfrute a perspicácia das próprias brincadeiras, não tem em si mesma um calcanhar de Aquiles e recusa-se terminantemente a ser objeto de zombaria. Eu consegui descobrir, com efeito, apenas um ponto vulnerável, que, tendo por base uma peculiaridade pessoal talvez decorrente de alguma doença constitutiva, teria sido poupado por qualquer antagonista menos desequilibrado que eu — meu rival tinha uma fraqueza nos órgãos fauciais ou órgãos guturais que *o impedia de levantar a voz, em qualquer circunstância, acima de um sussurro muito baixo.* Desse defeito, não deixei de tirar toda e qualquer vantagem mesquinha que estivesse em meu poder.

As retaliações de Wilson eram de vários tipos; e havia uma forma de sua inteligência jocosa que me perturbava acima de qualquer medida. Como sua sagacidade descobriu pela primeira vez que uma coisa tão pequena conseguia me irritar é uma questão que jamais consegui explicar; mas, tendo-a descoberto, ele habitualmente punha em prática essa contrariedade. Eu sempre havia sentido aversão ao meu sobrenome sem estirpe e ao prenome muito comum, senão plebeu. Tais palavras eram veneno em meus ouvidos; e quando, no dia de minha chegada, um segundo William Wilson também entrou para o colégio, fiquei irritado com ele por usar o mesmo nome e duplamente aborrecido com o nome em si porque um estranho o usava, estranho esse que seria a causa de sua repetição duplicada, que estaria constantemente em minha presença, e cujas preocupações, na rotina comum das atividades escolares, deveriam inevitavelmente, por causa da detestável coincidência, ser confundidas com frequência com as minhas.

O sentimento de irritação assim engendrado foi-se tornando mais forte em cada circunstância que revelasse semelhança, moral ou física, entre mim e meu rival. Eu não havia então descoberto ainda o notável fato de que tínhamos a mesma idade; mas via que tínhamos a mesma altura e percebia que éramos singularmente semelhantes até mesmo no aspecto geral do corpo e no contorno dos traços. Também ficava exasperado com o boato de que éramos parentes, que se havia espalhado nas classes superiores. Em uma palavra, nada me perturbava mais seriamente (embora eu com cuidado escondesse essa perturbação) do que qualquer alusão à similaridade de espírito, corpo ou condição existente entre nós. Mas, na verdade, eu não tinha razão para acreditar (exceto pela questão do parentesco e a não ser pelo próprio Wilson) que essa similaridade jamais tivesse sido tema de comentário, ou que sequer tivesse sido observada por nossos colegas. Que *ele* a observava em todas as suas atitudes, e com tanta determinação quanto eu, era evidente; mas que conseguisse encontrar em tais circunstâncias um terreno tão fértil de contrariedades só pode ser atribuído, como eu já disse, à sua incomum perspicácia.

Sua encenação, que consistia em aperfeiçoar uma imitação de mim, baseava-se tanto em palavras como em ações; e ele representava seu papel admiravelmente. Meu figurino foi fácil de copiar; meu modo de andar e meu estilo foram, sem dificuldade, usurpados; apesar de seu defeito constitutivo, nem mesmo minha voz lhe escapou. Meus tons mais altos, naturalmente, não eram alcançados, mas o timbre —, era idêntico; *e seu sussurro singular tornou-se o eco exato do meu próprio*.

Até que ponto esse retrato muitíssimo apurado me mortificava (pois não poderia ser chamado com justiça uma caricatura), não me arriscarei a descrever. Eu tinha apenas um consolo — no fato de que a imitação, ao que parecia, era notada apenas por mim, e de que apenas eu tinha de aguentar os sorrisos sagazes e estranhamente sarcásticos de meu próprio homônimo. Satisfeito por ter produzido em meu âmago o efeito pretendido, ele parecia rir em segredo da ferida que me havia infligido e era caracteristicamente indiferente ao aplauso público que o sucesso de suas engenhosas artimanhas poderia arrancar dos outros com tanta facilidade. Que a escola, de fato, não percebesse seus planos, não compreendesse suas façanhas nem participasse de seu escárnio foi, por muitos meses de ansiedade, um enigma que não consegui resolver. Talvez a *gradação* de sua cópia não a tornasse perceptível de imediato; ou, o que é mais provável, eu devesse minha segurança à atitude de mestre do copista que, desdenhando a letra (a qual, em um quadro, é tudo o que os obtusos conseguem ver), ofereceu o espírito pleno de seu original tão somente à minha contemplação individual e ao meu pesar.

Já mencionei mais de uma vez a repulsiva atitude protetora que ele assumia em relação a mim e sua frequente interferência intrometida em minha vontade. Essa interferência muitas vezes assumia o caráter indelicado de um conselho; conselho não abertamente oferecido, mas sugerido ou insinuado. Eu o recebia com uma repugnância que crescia à medida que ficava mais velho. Porém, nesta época agora tão distante, que eu lhe faça a simples justiça de admitir que não consigo lembrar nenhuma ocasião em que as sugestões de meu rival pendessem para o lado daqueles erros ou loucuras tão comuns à sua idade imatura e aparente inexperiência; que seu senso moral, pelo menos, se não seus talentos gerais e sabedoria mundana, era muito mais aguçado do que o meu; e que eu poderia, hoje, ser um homem melhor e portanto mais feliz, se tivesse rejeitado menos os conselhos incorporados naqueles sussurros significativos que eu então só soube odiar com demasiada cordialidade e desprezar com demasiada amargura.

Assim como foi, acabei me revoltando ao extremo sob sua repugnante supervisão e a cada dia ofendia-me cada vez mais abertamente com aquilo que considerava sua intolerável arrogância. Já disse que, nos primeiros anos de nossa relação como colegas, meus sentimentos para com ele poderiam facilmente ter-se transformado em amizade; mas, nos últimos anos de minha permanência no colégio, embora a intrusão de suas habituais maneiras tivesse, sem dúvida, diminuído em alguma medida, meus sentimentos tinham muito de indiscutível ódio quase na mesma proporção. Em certa ocasião ele percebeu isso, creio, e depois passou a evitar-me, ou demonstrou evitar-me.

Foi mais ou menos no mesmo período, se bem me lembro, durante uma violenta altercação com Wilson, na qual ele estava mais vulnerável que de costume, e falou e agiu com uma franqueza de conduta bem estranha à sua natureza, que descobri, ou imaginei descobrir, na sua pronúncia, no seu jeito e na sua aparência geral, algo que primeiro me assustou e depois me interessou profundamente, por trazer-me à mente visões obscuras de minha primeira infância — lembranças estranhas, confusas e desordenadas de uma época em que a própria memória ainda não era nascida. Não consigo melhor descrever a sensação que me oprimiu a não ser dizendo que foi difícil afastar a impressão de ter conhecido aquela criatura em pé diante de mim em alguma época muito longínqua — em algum ponto do passado, ainda que infinitamente remoto. A ilusão, no entanto, esvaneceu-se tão rapidamente como chegou; e eu apenas a menciono para descrever o dia da última conversa que ali mantive com meu singular homônimo.

A enorme construção antiga, com suas incontáveis subdivisões, tinha vários quartos amplos que se comunicavam uns com os outros, onde dormia o maior número de alunos. Havia, porém (como necessariamente ocorre em um edifício planejado de maneira tão estranha), muitos cantinhos ou recessos, as pontas e as arestas da estrutura; e esses, a engenhosidade econômica do Dr. Bransby também os havia transformado em dormitórios; mas, como se tratasse dos mais singelos cubículos, eram capazes de acomodar apenas um único indivíduo. Um desses pequenos apartamentos era ocupado por Wilson.

Uma noite, por volta do final de meu quinto ano no colégio e imediatamente após a altercação mencionada, ao perceber que todos haviam caído no sono, levantei-me da cama e, com a lamparina na mão, deslizei furtivamente através de um labirinto de corredores estreitos, do meu quarto até o de meu rival. Eu vinha há muito tempo planejando fazer-lhe uma daquelas impertinentes brincadeiras de mau gosto com as quais até então tinha tido tão pouco sucesso. Era meu intento, naquele instante, pôr meu plano em ação, e resolvi fazê-lo sentir toda a força do rancor de que estava imbuído. Chegando ao seu quartinho, entrei sem fazer ruído e deixei a lamparina, coberta com um quebra-luz, do lado de fora. Avancei um passo e escutei o som de sua respiração tranquila. Seguro de que dormia, retornei, peguei a lamparina e, com ela, reaproximei-me da cama. Cortinados fechados a rodeavam, os quais, em prosseguimento ao meu plano, afastei lenta e silenciosamente; foi quando os brilhantes raios de luz pousaram vívidos sobre o adormecido, e meus olhos, no mesmo momento, sobre seu semblante. Olhei — e um torpor e uma sensação de enregelamento penetraram instantaneamente meu corpo. Meu peito arfou, meus joelhos fraquejaram, todo o meu espírito foi possuído por um horror sem propósito, porém intolerável. Ofegando, baixei a lamparina de modo a aproximá-la ainda mais de seu rosto. Eram aquelas — *aquelas*, as feições de William Wilson? Eu via, de fato, que eram dele, mas estremeci, como em um acesso de calafrio, imaginando que não eram. O que *havia* nelas para confundir-me daquela maneira? Eu olhava — enquanto meu cérebro girava com uma infinidade de pensamentos incoerentes. Não era assim que ele parecia — certamente não *assim* — na vivacidade da vigília. O mesmo nome! A mesma silhueta! O mesmo dia de chegada ao colégio! E depois, sua imitação obstinada e sem sentido de meu porte, minha voz, meus hábitos e meus modos! Estaria, em verdade, dentro dos limites da possibilidade humana, que *o que eu agora estava vendo* fosse o mero resultado da prática habitual dessa imitação sarcástica? Horrorizado e com um tremor arrepiante, apaguei a lamparina, saí do quarto em silêncio e abandonei em seguida os saguões daquele velho colégio, para nunca mais voltar.

Após o decorrer de alguns meses, passados em casa em mera ociosidade, dei por mim como estudante de Eton. O breve intervalo fora suficiente para enfraquecer minha lembrança dos eventos no colégio do Dr. Bransby, ou, pelo menos, para efetuar uma mudança substancial na natureza dos sentimentos com os quais eu me lembrava deles. A verdade — a tragédia — do drama não mais existia. Eu agora me permitia duvidar de meus sentidos; e raramente o assunto vinha à lembrança sem que me admirasse da extensão da credulidade humana e sem que sorrisse da força vívida da imaginação hereditária que possuía. Nem era provável que essa espécie de ceticismo diminuísse com o tipo de vida que eu levava em Eton. O vórtice de loucura irrefletida em que ali mergulhei tão imediata e temerariamente levou tudo de roldão, exceto a frivolidade de minhas horas passadas, engolfou de imediato todas as impressões sólidas ou sérias e deixou na memória apenas as mais genuínas leviandades de uma existência anterior.

Não desejo, porém, traçar o curso de minha miserável devassidão aqui — uma devassidão que desafiava as leis, ao mesmo tempo que ludibriava a vigilância da instituição. Três anos de insensatez, passados sem proveito, apenas me haviam fornecido os hábitos arraigados do vício e aumentado, em um grau um tanto incomum, minha constituição física, quando, após uma semana de dissipação ignóbil, convidei um pequeno grupo dos alunos mais dissolutos para uma folia secreta em meus aposentos. Encontramo-nos em uma hora tardia da noite; porque nossas orgias costumavam prolongar-se religiosamente até o amanhecer. O vinho corria à vontade, e não faltavam outras e talvez mais perigosas seduções; assim, a aurora cinzenta já havia despontado no levante quando nossa delirante extravagância ainda estava no auge. Loucamente ruborizado com o carteado e a embriaguez, eu estava insistindo em um brinde mais profano que o habitual, quando minha atenção foi de súbito desviada pela violenta, embora parcial, abertura da porta do apartamento e pela voz ansiosa de um criado do lado de fora. Ele disse que certa pessoa, aparentando muita pressa, queria falar comigo no vestíbulo.

Freneticamente excitado como eu estava pelo vinho, a inesperada interrupção mais me deliciou que surpreendeu. Cambaleei para a frente de imediato, e uns poucos passos levaram-me ao vestíbulo do prédio. Naquela sala baixa e pequena, não havia lâmpada; e, naquele momento, nenhuma luz ali entrava, a não ser a da aurora demasiado tênue que abria caminho através da janela semicircular. Quando pus o pé no batente, percebi o vulto de um jovem mais ou menos da minha altura, vestido com uma túnica matinal de casimira branca talhada segundo a última moda, assim como a peça que eu mesmo vestia naquele momento. Aquilo, a luz fraca permitiu que eu percebesse; mas os traços de seu rosto, não os consegui distinguir. À minha entrada, ele se aproximou depressa e, segurando-me pelo braço com um gesto de petulante impaciência, sussurrou as palavras "William Wilson" em meu ouvido.

Fiquei perfeitamente sóbrio em um instante.

Havia algo nas maneiras do estranho e no tremor agitado de seu dedo erguido em riste, quando ele o colocou entre meus olhos e a luz, que me encheu de inequívoco assombro; mas não foi aquilo que me comoveu tão violentamente. Foi a plenitude de solene advertência na enunciação singular, baixa, sibilante; e, acima de tudo, foi o caráter, o tom, o *timbre* daquelas sílabas poucas, simples e familiares, porém *sussurradas*, que vieram com mil lembranças tumultuantes de dias passados e tocaram-me a alma com o choque de uma bateria galvânica. Quando consegui recuperar o uso dos sentidos, ele já havia partido.

Embora esse evento não tenha deixado de exercer um efeito vívido em minha imaginação desordenada, ainda assim foi tão evanescente quanto vívido. Por algumas semanas, de fato, eu me ocupei com intensas indagações, ou mergulhei em uma nuvem de especulação mórbida. Não fingi disfarçar perante minha percepção a identidade do indivíduo singular que com tanta perseverança interferia em meus assuntos e me atormentava com seu conselho insinuado. Mas quem e o que era esse Wilson? — e de onde ele vinha? — e quais eram seus propósitos? Acerca de nenhuma dessas questões conseguia satisfazer-me — tendo apenas apurado, no que lhe dizia respeito, que um súbito acidente familiar havia causado sua saída do colégio do Dr. Bransby na mesma tarde em que eu mesmo escapara de lá. Mas, em pouco tempo, deixei de pensar no assunto, porque minha atenção foi toda absorvida pela expectativa de uma transferência para Oxford. Logo fui para lá, e a vaidade inconsequente de meus pais propiciou-me um enxoval e uma quantia anual que me permitiriam desfrutar à vontade do luxo já tão caro ao meu coração — e rivalizar, em profusão de gastos, com os herdeiros mais altivos dos condados mais ricos da Grã-Bretanha.

Excitado por tais incentivos ao vício, meu temperamento constitutivo irrompeu com redobrado ardor, e passei a desprezar até mesmo as restrições comuns da decência na louca paixão de minhas orgias. Mas seria absurdo deter-me nos detalhes de minha extravagância. Basta dizer que, dentre os perdulários, extrapolei tudo o que se possa imaginar e que, dando nome a uma infinidade de desatinos inéditos, acrescentei um apêndice nada curto ao longo catálogo de vícios então usuais na mais dissoluta universidade da Europa.

Dificilmente se acreditaria, entretanto, que, mesmo aqui, eu tivesse decaído tanto da condição de cavalheiro a ponto de familiarizar-me com as artes mais vis do jogador profissional e, tornando-me adepto dessa ciência desprezível, viesse a praticá-la habitualmente como um meio de aumentar minha renda já enorme à custa dos fracos de espírito entre meus colegas. Esse, porém, foi o caso. E a própria crueldade dessa ofensa contra todo sentimento de hombridade e honradez provou ser, sem dúvida, a principal, senão a única razão da impunidade com a qual ela foi cometida. Quem, de fato, entre meus mais dissolutos companheiros, não teria preferido negar a clara evidência de seus sentidos a suspeitar de tais atitudes por parte do alegre, franco, generoso William Wilson — o estudante mais nobre e mais liberal de Oxford — aquele cujas loucuras (diziam seus parasitas) eram apenas as loucuras da juventude e da imaginação desenfreada — cujos erros nada mais eram do que um capricho inimitável — cujo vício mais sombrio era apenas uma extravagância imprudente e espirituosa?

Eu já me vinha dedicando havia dois anos a essa ocupação com sucesso, quando chegou à universidade um jovem *parvenu*[7] da nobreza, Glendinning — tão rico, assim diziam, como Herodes Atticus — sua riqueza também adquirida com igual facilidade. Logo descobri que tinha um intelecto fraco e, naturalmente, marquei-o como um alvo adequado à minha habilidade. Com frequência, convidava-o a jogar e conseguia, com a artimanha típica do jogador, fazê-lo ganhar somas consideráveis, para enredá-lo com mais eficácia em minhas ciladas. Finalmente, quando meu plano estava maduro, encontrei-o (com a firme intenção de que esse encontro viesse a ser final e decisivo) nos aposentos de um colega (o Sr. Preston), igualmente íntimo de ambos, mas que, justiça lhe seja feita, não tinha a menor suspeita de meus desígnios. Para dar à situação mais verossimilhança, eu havia conseguido reunir um grupo de umas oito ou dez pessoas e tive extremo cuidado para que o aparecimento das cartas parecesse acidental e se originasse com a proposta de minha própria vítima potencial. Para resumir um assunto ignóbil, não foi omitido nenhum daqueles baixos requintes tão costumeiros em ocasiões semelhantes que é de surpreender como ainda existam pessoas tão tolas que deles caiam vítimas.

Havíamos prolongado nossa reunião até altas horas da noite, e eu havia finalmente realizado a manobra de ter Glendinning como meu único oponente. Além disso, o jogo era meu *écarté* favorito. Os outros participantes, interessados no vulto de nossas jogadas, haviam abandonado

---

[7] Novo rico.

as próprias cartas e se posicionado em torno de nós, como espectadores. O *parvenu*, que havia sido induzido por meus artifícios no início da noite a beber muito, agora embaralhava, cortava ou jogava com um estranho nervosismo de maneiras, que sua embriaguez, pensei, podia explicar parcial, mas não inteiramente. Em curtíssimo período, ele se tornara meu devedor de uma grande soma; foi quando, tendo tomado um grande gole de porto, fez precisamente aquilo que eu, com frieza, havia antecipado — propôs dobrar nossa aposta já extravagante. Com fingida demonstração de relutância, e só depois que minha repetida recusa seduziu-o a dizer algumas palavras zangadas que conferiram um tom de *pique*[8] à minha aceitação, acabei concordando. O resultado, é claro, apenas demonstrou como a presa havia caído inteiramente em minha cilada: em menos de uma hora, ele quadruplicou sua dívida. Por algum tempo, sua fisionomia vinha perdendo o matiz rosado que o vinho lhe emprestava; mas agora, para meu espanto, eu percebia que ela havia atingido uma palidez bem assustadora. Digo: para meu espanto. Glendinning havia sido descrito, em resposta às minhas impacientes investigações, como incomensuravelmente rico; e as quantias que ele já havia perdido, embora em si enormes, não podiam, supunha eu, incomodá-lo demais, menos ainda afetá-lo com tanta violência. Que ele estivesse transtornado pelo vinho recém-tomado foi a ideia que se apresentou mais de pronto a mim; e, mais

---

[8] Provocação.

com vistas a preservar meu próprio caráter aos olhos dos colegas do que por qualquer motivo menos interesseiro, eu estava prestes a insistir, peremptoriamente, na suspensão do jogo, quando algumas expressões à minha volta e uma exclamação reveladora de extremo desespero por parte de Glendinning deram-me a entender que eu havia causado sua total ruína em circunstâncias que, tornando-o objeto da piedade de todos, deveriam tê-lo protegido dos malefícios até mesmo de um demônio.

Qual então deveria ter sido minha conduta é difícil dizer. A situação lamentável de minha vítima havia criado uma atmosfera de embaraçosa tristeza em todos; e, por alguns momentos, manteve-se um profundo silêncio, durante o qual não pude deixar de sentir as faces queimando sob os inúmeros olhares ardentes de desprezo ou reprovação lançados a mim pelos menos dissolutos do grupo. Chego mesmo a confessar que um peso intolerável de ansiedade foi por um breve instante removido de meu peito pela súbita e extraordinária interrupção que se seguiu. As amplas, pesadas portas dobradiças do apartamento foram imediatamente escancaradas por inteiro com uma impetuosidade vigorosa e precipitada que extinguiu, como por mágica, todas as velas da sala. Sua luz, ao morrer, mal nos permitiu perceber que havia entrado um estranho, aproximadamente da minha altura e bem envolto em uma capa. A escuridão, no entanto, não era total; e podíamos apenas *sentir* que ele se encontrava entre nós. Antes que qualquer um de nós conseguisse refazer-se do extremo assombro provocado por aquela descortesia, ouvimos a voz do intruso.

"Cavalheiros", disse ele, em um *sussurro* baixo, distinto e para sempre inesquecível que me fez estremecer até a medula dos ossos, "Cavalheiros, peço desculpas por este meu comportamento, porque, ao me comportar assim, estou cumprindo um dever. Os senhores estão, sem dúvida, desinformados a respeito do verdadeiro caráter da pessoa que esta noite ganhou, no *écarté*, uma grande quantia de Lorde Glendinning. Portanto, vou apresentar um plano rápido e decisivo para que obtenham essa informação tão necessária. Por favor, examinem, à vontade, o forro do punho de sua manga esquerda e os vários pacotinhos que podem ser encontrados nos bolsos bastante amplos de seu robe bordado."

Enquanto ele falava, tão profundo era o silêncio que se podia ouvir um alfinete cair no chão. Ao terminar, partiu de imediato, tão abruptamente como havia entrado. Poderei eu — conseguirei eu — descrever minhas sensações? Preciso dizer que senti todos os horrores dos malditos? Decerto, tive pouco tempo para reflexão. Muitas mãos agarraram-me brutalmente no ato, e as luzes logo foram reacesas. Seguiu-se uma busca. No forro de minha manga, foram encontradas todas as cartas com as figuras essenciais ao *écarté* e, nos bolsos de meu robe, vários baralhos, cópias daqueles utilizados em nossas jogatinas, com a única exceção de que os meus eram da espécie tecnicamente denominada *arrondées*,[9] com as cartas de figuras levemente convexas nas pontas e as cartas de valores mais

---

[9] "Arredondados"

baixos levemente convexas dos lados. Nessa disposição, a vítima que corta o baralho no comprimento, como de costume, descobre invariavelmente que deu uma figura ao oponente; enquanto o jogador, cortando na largura, por certo nada oferece à vítima que possa contar pontos para o jogo.

Qualquer clamor de indignação diante dessa descoberta ter-me-ia afetado menos do que o desprezo silencioso ou a compostura sarcástica com que ela foi recebida.

"Sr. Wilson", disse nosso anfitrião, abaixando-se para retirar de baixo dos pés uma capa extremamente luxuosa de pele rara, "Sr. Wilson, isto lhe pertence". (Fazia frio; e, ao deixar meu quarto, eu havia jogado uma capa sobre o robe, retirando-a ao chegar à cena do jogo). "Presumo que seja desnecessário procurar aqui (e olhou para as dobras da capa com um sorriso amargo) por qualquer prova adicional de sua habilidade. De fato, já tivemos o bastante. O senhor verá a necessidade, espero, de abandonar Oxford — em todo caso, de deixar imediatamente meus aposentos."

Degradado, humilhado ao máximo como eu estava então, era provável que tivesse reagido contra aquela linguagem ferina com imediata violência pessoal se minha atenção não tivesse sido naquele momento atraída por um fato do mais surpreendente caráter. A capa que eu havia usado era de um tipo raro de pele; quão raro e quão extravagantemente caro, não me atrevo a dizer. Seu modelo também era de minha própria invenção fantástica; pois eu era difícil de contentar até um grau absurdo de dandismo em questões de natureza frívola como essa. Quando, portanto, o Sr. Preston estendeu-me a capa recolhida do chão, perto da porta dupla do apartamento, foi com uma surpresa quase próxima do terror que eu percebi que minha própria capa já estava em meu braço (onde eu a havia, sem dúvida, colocado inadvertidamente), e que aquela ora apresentada não era senão sua réplica exata em tudo, até no mais minucioso detalhe. A singular criatura que me havia denunciado de maneira tão desastrosa estava envolta, lembrava-me, por uma capa; e nenhuma havia sido utilizada por qualquer dos membros de nosso grupo, exceto por mim. Mantendo certa presença de espírito, tomei a que me era oferecida por Preston; coloquei-a, sem que ele o percebesse, sobre a minha; deixei o apartamento com uma resoluta expressão de desafio; e, na manhã seguinte, ao despertar do dia, iniciei uma precipitada viagem de Oxford para o continente, em perfeita agonia de horror e de vergonha.

*Fugi em vão*. Meu amaldiçoado destino perseguiu-me como em exultação e provou, de fato, que o exercício de seu misterioso domínio havia até então apenas começado. Mal pus os pés em Paris, tive novas provas do detestável interesse daquele Wilson em meus assuntos. Os anos se passaram sem que eu tivesse o menor alívio. Insolente! — Em Roma, com que inoportuna, porém com que espectral oficiosidade ele se intrometeu entre mim e minha ambição! Em Viena também — em Berlim — e em Moscou! Onde, na verdade, *não* tive eu motivo amargo para amaldiçoá-lo, no âmago do coração? De sua inescrutável tirania, finalmente fugi, tomado de pânico, como de uma pestilência; e até os confins da terra, *fugi em vão*.

E muitas, e muitas vezes, em secreta comunhão com meu espírito, eu perguntava: "Quem é ele? — de onde vem? — e quais são seus objetivos?". Mas nenhuma resposta era ali encontrada. E agora eu escrutinava, com um escrutínio minucioso, as formas, e os métodos, e as características principais de sua supervisão impertinente. Mas mesmo ali havia muito pouco em que apoiar uma conjetura. Era de fato perceptível que, em nenhuma das várias ocasiões mais recentes nas quais ele havia cruzado meu caminho, não o havia cruzado senão para frustrar aqueles esquemas ou interromper aquelas ações que, se integralmente levadas a termo, poderiam ter resultado em danos amargos. Pobre justificativa essa, decerto, para uma autoridade tão imperiosamente assumida! Pobre indenização pelo direito natural de dispor de mim próprio, negado de maneira tão persistente, tão insultante!

Eu também fora forçado a notar que meu algoz, por um período muito longo (enquanto escrupulosamente e com milagrosa destreza mantinha seu capricho de uma identidade de vestuário comigo), havia tramado as coisas de modo que, na execução de sua variada interferência com minha vontade, eu não visse as feições de seu rosto em momento algum. Fosse Wilson o que fosse, *isso*, pelo menos, nada mais era que o cúmulo da afetação ou da loucura. Poderia ele, por um instante, supor que, no meu censor em Eton — no destruidor de minha honra em Oxford —, naquele que frustrou minha ambição em Roma, minha vingança em Paris, meu amor apaixonado em Nápoles, ou aquilo que ele falsamente denominou minha avareza no Egito —, que em tudo isso, em meu arqui-inimigo e gênio do mal, eu pudesse deixar de reconhecer o William Wilson de meus dias de colégio, — o homônimo, o companheiro, o rival — o odiado e temido rival no colégio do Dr. Bransby? Impossível! — Mas deixem-me adiantar a última cena memorável do drama.

Até então, eu havia sucumbido passivo a esse domínio imperioso. O sentimento de profundo respeito com que habitualmente considerava o caráter elevado, a sabedoria majestosa, a aparente onipresença e onipotência de Wilson, acrescido até mesmo de uma sensação de terror que certos outros traços de sua natureza e suas conjeturas me inspiravam, havia operado até o momento para incutir em mim uma ideia de minha própria fraqueza e desamparo extremos, e para sugerir uma submissão implícita, embora amargamente relutante, à sua vontade arbitrária. Mas, nos últimos dias, eu me havia entregado por completo ao vinho; e a influência enlouquecedora deste em meu temperamento hereditário tornou-me mais e mais rebelde ao controle. Comecei a resmungar — a hesitar —, a resistir. E terá sido apenas a imaginação que me induziu a crer que, com o aumento de minha própria firmeza, a de meu algoz sofreu uma proporcional diminuição? Seja como for, comecei então a sentir a inspiração de uma esperança ardente e finalmente passei a acalentar, em meus pensamentos secretos, uma resolução firme e desesperada de não mais me submeter àquela escravidão.

Foi em Roma, durante o carnaval de 18 —,[10] que compareci a um baile de máscaras no *palazzo* do duque

---

[10] Mantivemos a data como consta em nosso original.

napolitano Di Broglio. Eu havia cedido, com mais liberdade que de costume, aos excessos da mesa de vinhos; e agora, a atmosfera sufocante dos salões abarrotados irritava-me além do suportável. A dificuldade, além do mais, de abrir caminho pelos labirintos de convidados contribuía muito para a perturbação do meu temperamento; porque eu procurava ansiosamente (permitam-me não revelar com que motivo indigno) a jovem, a alegre, a linda esposa do idoso e senil Di Broglio. Com uma confiança demasiado inescrupulosa, ela me havia comunicado previamente o segredo da fantasia que estaria vestindo, e então, tendo visto de relance a sua pessoa, eu me apressava para abrir caminho até sua presença. Nesse momento, senti uma leve mão pousada em meu ombro e ouvi aquele sempre lembrado *sussurro*, baixo, maldito, dentro de meu ouvido.

Em absoluto frenesi de ódio, voltei-me de imediato para aquele que me havia assim interrompido e agarrei-o com violência pela gola. Ele estava vestido, como eu esperava, com uma fantasia em tudo semelhante à minha; usava uma capa espanhola de veludo azul, amarrada na cintura com um cinto vermelho que sustentava um florete. Uma máscara de seda preta cobria-lhe inteiramente o rosto.

"Patife!", disse eu, com uma voz rouca de cólera, enquanto cada sílaba que pronunciava parecia ser novo combustível para minha fúria; "Patife! Impostor! Maldito canalha! Você não vai — você *não vai* me perseguir até a morte! Siga-me, ou vou golpeá-lo aí onde você está!" — e abri caminho do salão de baile até uma pequena antecâmara adjacente, arrastando-o sem resistência comigo ao passar.

Ao entrar, arremessei-o com fúria para longe de mim. Ele cambaleou contra a parede, enquanto eu fechava a porta com uma imprecação e ordenava-lhe que sacasse a arma. Ele hesitou, mas apenas por um instante; então, com um leve suspiro, puxou a arma em silêncio e colocou-se em posição de defesa.

A luta foi realmente rápida. Eu estava desvairado com toda espécie de excitação febril e sentia, dentro de um só braço, a energia e a força de uma multidão. Em poucos segundos, pressionei-o por pura força contra o lambri e assim, tendo-o à mercê, cravei minha espada, com ferocidade brutal, repetidamente, uma vez após outra, no seu peito.

Nesse instante, alguém forçou a fechadura da porta. Corri para impedir uma intromissão e voltei de imediato para perto de meu antagonista moribundo. Mas que linguagem humana pode retratar adequadamente *aquele* espanto, *aquele* horror que me possuiu diante do espetáculo que então se apresentou à visão? O breve momento em que desviei os olhos havia sido suficiente para produzir, aparentemente, uma mudança substancial na disposição da parte mais alta ou mais distante da sala. Um grande espelho — assim de início me pareceu ser em minha confusão — encontrava-se agora onde antes nada havia sido perceptível; e, à medida que eu caminhava em direção a ele no extremo do terror, minha própria imagem, mas com as feições totalmente pálidas e salpicadas de sangue, avançava para encontrar-me com passos fracos e titubeantes.

Assim parecia, digo eu, mas não era. Era meu antagonista — era Wilson que então estava diante de mim na agonia da dissolução. Sua máscara e sua capa jaziam onde ele as havia jogado, no chão. Nenhum fio em todo o seu traje, nenhuma linha em todas as feições marcadas e singulares de seu rosto, que não fosse, até mesmo na mais absoluta identidade, *o meu próprio*!

Era Wilson; mas ele não falava mais sussurrando, e eu podia imaginar que era eu mesmo que falava enquanto ele dizia:

"*Venceste, e eu me rendo. Porém, de agora em diante, também estás morto — morto para o Mundo, para o Céu e para a Esperança! Em mim é que existias — e, na minha morte, vê por esta imagem, que é a tua própria, quão irremediavelmente assassinaste a ti mesmo.*"

# METZENGERSTEIN

> *Pestis eram vivus — moriens tua mors ero.*[1]
> Martinho Lutero

O horror e a fatalidade andam à espreita por toda parte em todas as eras. Por que então fornecer uma data à história que tenho para contar? Basta dizer que, na época de que falo, havia, no interior da Hungria, uma crença arraigada, embora oculta, nas doutrinas da Metempsicose. Das doutrinas em si — isto é, de sua falsidade, ou de sua probabilidade — nada direi. Afirmo, no entanto, que grande parte de nossa incredulidade (como diz La Bruyère a respeito de toda a nossa infelicidade) *"vient de ne pouvoir être seuls"*.[2]

---

[1] Vivo, fui tua praga. Morto, serei tua morte.
[2] "Advém de não podermos estar sós". (N. T)
Mercier, em *"L'an deux mille quatre cents quarante"*, defende seriamente as doutrinas da Metempsicose, e J. D'Israeli diz que "nenhum sistema é assim tão simples e tão pouco repugnante ao entendimento." Também se ouviu dizer que o Coronel Ethan Allen, o "Garoto da Montanha Verde", foi um sério metempsicosista. (N. A.)

Mas havia alguns aspectos na superstição húngara que já estavam beirando o absurdo. Eles — os húngaros — diferiam, na própria essência, das autoridades orientais. Por exemplo. *"L'âme"*, diziam — e cito aqui as palavras de um parisiense arguto e inteligente — *"ne demeure qu'une seule fois dans un corps sensible: au reste — un cheval, un chien, un homme même, n'est que la ressemblance peu tangible de ces animaux"*.[3]

As famílias Berlifitzing e Metzengerstein haviam entrado em discórdia há séculos. Nunca antes duas casas tão ilustres haviam se instigado mutuamente por hostilidade tão mortal. A origem dessa inimizade parece encontrar-se nas palavras de uma antiga profecia — "Um nome altivo sofrerá uma terrível queda quando, como o cavaleiro sobre o seu cavalo, a mortalidade de Metzengerstein triunfar sobre a imortalidade de Berlifitzing."

É certo que as palavras em si tinham pouco ou nenhum significado. Mas causas mais triviais já deram origem — e isso não muito tempo atrás — a consequências igualmente desastrosas. Além disso, as propriedades, que eram contíguas, haviam exercido por muito tempo uma influência rival nas questões de um governo assoberbado. Ademais, vizinhos próximos raramente são amigos; e os moradores do Castelo Berlifitzing podiam olhar, de seus altos contrafortes, para dentro das próprias janelas do Palácio Metzengerstein. A magnificência mais que feudal assim descoberta era o que havia de menos adequado para

---

[3] A alma reside apenas uma vez num corpo sensível: de resto — um cavalo, um cachorro, até mesmo um homem, constitui apenas uma semelhança pouco tangível com esses animais."

acalmar as irritáveis sensações dos menos antigos e menos abastados Berlifitzings. Seria então de surpreender que as palavras daquela profecia, embora tolas, acabassem estabelecendo e mantendo o conflito entre duas famílias já predispostas a brigar a cada incitação à inveja hereditária? A profecia parecia implicar — se é que implicava algo — um triunfo final da casa já mais poderosa; e obviamente era lembrada com a mais amarga animosidade pela parte mais fraca e menos influente.

Wilhelm, Conte de Berlifitzing, embora descendente da nobreza, era, na época desta narrativa, um velho enfermo e senil, notável apenas por uma antipatia pessoal inveterada e incomum pela família de seu rival e um amor tão apaixonado por cavalos e pela caça, que nem a enfermidade corporal, nem a idade avançada, nem a incapacidade mental impedia sua participação diária nos perigos da caçada. Frederick, Barão de Metzengerstein, por sua vez, ainda não era maior de idade. Seu pai, o Ministro G —, morrera jovem. Sua mãe, Lady Mary, seguira-o rapidamente. Frederick estava, naquela época, em seu décimo-oitavo ano de vida. Em uma cidade, dezoito anos não constituem um período longo; mas no ermo — em tão magnífico ermo como era aquele antigo principado, o pêndulo vibra com um significado mais profundo.

Graças a algumas circunstâncias peculiares relativas à administração do pai, o jovem Barão, à morte dele, entrou imediatamente na posse de seu vasto patrimônio. Propriedades como aquelas raramente haviam sido possuídas por um nobre húngaro. Seus castelos eram incontáveis. O ápice de esplendor e extensão era o "Palácio Metzengerstein". A fronteira que delimitava seus domínios nunca havia sido claramente definida; mas o parque principal abrangia um circuito de mais de oitenta mil metros.

Com o acesso de um proprietário tão jovem, de reputação tão ilustre, a uma fortuna tão inigualável, vieram à tona certas especulações quanto a sua provável linha de conduta. E, de fato, pelo período de três dias, o comportamento do herdeiro foi mais realista que o rei e ultrapassou bastante as expectativas de seus mais entusiasmados admiradores. Orgias vergonhosas — traições flagrantes — atrocidades inusitadas — logo fizeram seus trêmulos vassalos compreender que nenhuma submissão servil da parte deles — e nenhum escrúpulo de consciência da sua — poderiam fornecer, daí em diante, segurança alguma contra as garras impiedosas daquele mesquinho Calígula. Na noite do quarto dia, descobriu-se que os estábulos do Castelo Berlifitzing estavam pegando fogo; e a opinião unânime da vizinhança acrescentou o crime do incendiário à lista já hedionda das contravenções e atrocidades do Barão.

Porém, durante o tumulto ocasionado por essa ocorrência, o próprio jovem encontrava-se sentado, aparentemente mergulhado em meditação, num vasto e desolado aposento superior no palácio da família Metzengerstein. As ricas, embora desbotadas, tapeçarias que balançavam tristemente nas paredes representavam as formas sombrias e majestosas de milhares de ancestrais ilustres. *Aqui*, sacerdotes com ricas vestes e dignitários pontificais, sentados familiarmente com autocratas e soberanos, vetavam os desejos de um rei temporal, ou restringiam, com a sanção da supremacia papal, o cetro rebelde do Arqui-inimigo. *Ali*, os sombrios, elevados vultos dos príncipes de Metzengerstein — seus musculosos cavalos de batalha saltando por sobre as carcaças dos inimigos caídos — abalavam os nervos mais equilibrados com sua expressão vigorosa; e *aqui*, ainda, as figuras voluptuosas das damas de outrora, que lembravam cisnes, flutuavam nos meandros de uma dança irreal aos acordes de uma melodia imaginária.

Mas, enquanto o Barão escutava, ou simulava escutar, o alvoroço cada vez maior nos estábulos de Berlifitzing — ou talvez enquanto planejasse algum ato de audácia mais inusitado, mais decidido —, seus olhos voltaram-se involuntariamente para a figura de um enorme cavalo de colorido incomum, representado na tapeçaria como pertencente a um ancestral sarraceno da família de seu rival. O cavalo em si, no primeiro plano da imagem, erigia-se imóvel como uma estátua — enquanto, bem atrás, seu cavaleiro desconcertado perecia pela adaga de um Metzengerstein.

Nos lábios de Frederick, surgiu uma expressão diabólica quando ele percebeu a direção que seu olhar havia, inconscientemente, tomado. Entretanto, ele não o afastou... Ao contrário, não conseguia de modo algum explicar a ansiedade irresistível que parecia cair como uma mortalha sobre seus sentidos. Foi com dificuldade que reconciliou suas sensações lânguidas e incoerentes com a certeza de estar desperto. Quanto mais olhava, mais absorvente tornava-se o encanto — mais parecia impossível que ele conseguisse afastar o olhar do fascínio daquela tapeçaria. Mas, como o tumulto lá fora se tornara de repente mais violento, com um esforço compulsório ele desviou a atenção para o clarão avermelhado que jorrava por inteiro dos estábulos flamejantes sobre as janelas do apartamento.

A ação, porém, foi apenas momentânea; seu olhar retornou mecanicamente à parede. Para seu extremo horror e espanto, a cabeça do corcel gigantesco havia, nesse meio tempo, mudado de posição. O pescoço do animal, antes arqueado como em compaixão sobre o corpo prostrado do dono, agora se estendia, em todo o comprimento, na direção do Barão. Os olhos, antes invisíveis, agora revestiam-se de uma expressão enérgica e humana, enquanto faiscavam com um vermelho ardente e incomum; e os lábios distendidos do cavalo aparentemente enraivecido mostravam por completo seus dentes sepulcrais e repugnantes.

Estupefato de terror, o jovem fidalgo titubeou até a porta. Ao abri-la, um raio de luz vermelha, fluindo para as profundezas do quarto, arremessou um claro contorno de sua sombra contra a tapeçaria tremulante; e ele estremeceu ao perceber que aquela sombra — à medida que ele cambaleava um pouco no umbral — assumia a exata posição e preenchia precisamente o contorno do impiedoso e triunfante assassino do sarraceno Berlifitzing.

Para aliviar a depressão de seu espírito, o Barão correu para o ar livre. No portão principal do palácio, encontrou três cavalariços. Com muita dificuldade, e iminente perigo de vida, eles continham os saltos convulsivos de um cavalo gigantesco e de cor flamejante.

"De quem é esse cavalo? Onde o conseguiram?" perguntou o jovem em um tom impertinente e áspero, ao perceber de imediato que o misterioso corcel da sala atapetada era a verdadeira réplica do animal furioso que tinha diante dos olhos.

"Ele lhe pertence, senhor", respondeu um dos cavalariços; "pelo menos, nenhum outro proprietário o reclamou. Nós o apanhamos fugindo, todo enfumaçado e espumando de raiva, dos estábulos em chamas do Castelo Berlifitzing. Supondo que tenha pertencido ao plantel de cavalos estrangeiros do velho Conde, nós o levamos de volta como extraviado. Mas, lá, os estribeiros negaram qualquer direito à posse da criatura; o que é estranho, já que ele traz marcas evidentes de haver escapado por pouco das chamas."

"As letras W. V. B. também estão nitidamente marcadas em sua testa", interrompeu um segundo cavalariço. "Supus que fossem, obviamente, as iniciais de William von Berlifitzing — mas todos no castelo negam com firmeza ter qualquer conhecimento do cavalo."

"Extremamente insólito!" disse o jovem Barão, com um ar pensativo e aparentemente inconsciente do significado de suas palavras. "Ele é, como você diz, um cavalo admirável — um cavalo prodigioso! Embora, como bem tenha observado, possua um caráter desconfiado e intratável; deixe-o para mim, apesar disso", acrescentou depois de uma pausa, "talvez um cavaleiro como Frederick de Metzengerstein consiga domar até o demônio dos estábulos de Berlifitzing."

"Está enganado, meu senhor; o cavalo, como creio termos mencionado, *não* provém dos estábulos do Conde. Se assim fosse, sabemos que seria inadequado trazê-lo à presença de um nobre de sua família."

"É verdade!", observou o Barão secamente; e, naquele instante, um pajem chegou do palácio com um rubor intenso e um passo apressado. Sussurrou no ouvido de seu amo um relato do súbito desaparecimento de uma pequena parte da tapeçaria, em um aposento que designou, ao mesmo tempo que entrava em detalhes de caráter minucioso e circunstanciado; mas, devido ao baixo tom de voz em que estes foram transmitidos, nada escapou que satisfizesse a curiosidade alvoroçada dos cavalariços.

O jovem Frederick, durante a conversa, parecia agitado por uma variedade de emoções. Logo, porém, recuperou a compostura, e uma expressão de resoluta malignidade dominou seu semblante, à medida que ele dava ordens peremptórias para que o aposento em questão fosse imediatamente trancado e a chave deixada em seu poder.

"O senhor já ouviu falar da triste morte do velho caçador Berlifitzing?", perguntou um dos vassalos ao Barão, enquanto, após a partida do pajem, o imenso corcel que aquele fidalgo havia adotado como seu saltava e corcoveava, com redobrada fúria, descendo a longa alameda que se estendia do palácio até os estábulos de Metzengerstein.

"Não!", disse o Barão, voltando-se abruptamente para quem falava, "morreu!, você disse?".

"É verdade, meu senhor; e, para um nobre que leva o seu nome, imagino que esta não seja uma informação desagradável."

Um rápido sorriso lampejou no rosto do ouvinte.

"Como ele morreu?"

"Em seus árduos esforços para resgatar uma parte favorita do plantel de caça, ele próprio pereceu miseravelmente nas chamas."

"M–e–s–m–o!", exclamou o Barão, como se estivesse lenta e deliberadamente impressionado com a verdade de alguma ideia estimulante.

"Mesmo", repetiu o vassalo.

"Chocante!", o rapaz disse com calma e voltou em silêncio para o palácio.

A partir desse dia, uma nítida alteração ocorreu na conduta do dissoluto jovem Barão Frederick von Metzengerstein. De fato, seu comportamento decepcionou todas as expectativas e mostrou-se pouco afeito às visões de muitas mães ardilosas, enquanto seus hábitos e maneiras, mais ainda que antes, nada ofereciam de compatível com os da aristocracia ao redor. Ele jamais era visto além dos limites de seu próprio domínio e, em seu amplo mundo social, era inteiramente desprovido de companhia — a menos, de fato, que aquele cavalo estranho, impetuoso e de cor flamejante, que daí em diante ele passou a montar com frequência, tivesse algum misterioso direito ao título de seu amigo.

Inúmeros convites da parte da vizinhança chegaram, contudo, periodicamente, por muito tempo. "O Barão honraria nossos festivais com sua presença?"; "O Barão se juntaria a nós na caçada ao javali?" — "Metzengerstein não caça"; "Metzengerstein não comparecerá", eram as respostas altaneiras e lacônicas.

Esses repetidos insultos não poderiam ser tolerados por uma nobreza imperiosa. Tais convites foram se tornando menos cordiais — menos frequentes — e, com o tempo, cessaram de vez. Ainda se ouviu a viúva do desafortunado Conde Berlifitzing exprimir a esperança "de que o Barão estivesse em casa quando não desejasse estar em casa, já que desdenhava a companhia de seus pares; e cavalgasse quando não desejasse cavalgar, já que preferia a companhia de um cavalo". Essa, com certeza, era uma explosão bem tola de ressentimento hereditário; e apenas provava como nossas afirmações são capazes de tornar-se especialmente sem sentido quando desejamos ser excepcionalmente enérgicos.

Os caridosos, no entanto, atribuíam a alteração de conduta do jovem fidalgo à tristeza natural de um filho pela perda precoce dos pais — esqueciam-se, porém, de seu comportamento atroz e imprudente durante o curto período que se seguiu imediatamente a tal perda. Houve até mesmo alguns que sugeriram uma ideia demasiado elevada de dignidade e consciência da sua própria importância. Outros ainda (dentre os quais pode ser mencionado o médico da família) não hesitaram em falar de melancolia mórbida e doença hereditária; enquanto sugestões sombrias, de natureza mais equívoca, corriam entre a multidão.

De fato, o apego perverso do Barão ao seu corcel recém-adquirido — apego que parecia atingir nova força a cada novo exemplo das propensões ferozes e demoníacas do animal — acabou tornando-se, aos olhos dos homens sensatos, um fervor terrível e nada natural. No clarão do meio-dia — nas horas mortas da noite — na doença ou na saúde — na calmaria ou na tempestade — o jovem Metzengerstein parecia preso à sela daquele cavalo colossal, cujas audácias intratáveis combinavam tão bem com seu próprio espírito.

Havia circunstâncias, ademais, que, atreladas aos últimos eventos, conferiam um caráter sobrenatural e agourento à mania do cavaleiro e às capacidades do corcel. O espaço que eles percorriam em um simples salto fora medido com precisão, e descobriu-se que excedia, por uma diferença espantosa, as expectativas mais extravagantes dos mais imaginativos. O Barão, além disso, não tinha um *nome* específico para o animal, embora todo o resto de sua coleção fosse distinguido por apelações características. Seu estábulo, além do mais, ficava distante do resto; e, quanto aos serviços de cavalaria e outras tarefas necessárias, ninguém além do proprietário em pessoa se arriscara a prestá-los, nem mesmo a entrar no recinto da baia específica daquele cavalo. Também se observou que, embora os três cavalariços que haviam agarrado o cavalo quando ele fugia da conflagração em Berlifitzing tivessem conseguido deter sua corrida por meio de uma rédea e um laço, ainda assim nenhum dos três podia afirmar com alguma certeza que havia, durante aquele perigoso embate, ou qualquer outro período posterior, colocado realmente as mãos no corpo da besta. Não se supõe que demonstrações de inteligência peculiar no comportamento de um cavalo nobre e exuberante sejam capazes de chamar uma atenção despropositada, mas havia certas circunstâncias que se insinuavam forçosamente nos mais céticos e fleumáticos; e dizem que houve momentos em que o animal levou a multidão embasbacada que se aglomerava ao redor a recuar horrorizada diante do significado profundo e impressionante de seu terrível tropel — momentos esses em que o jovem Metzengerstein ficava pálido e se esquivava da expressão rápida e indagadora de seu olhar que parecia humano.

Em todo o séquito do Barão, porém, não se encontrava quem duvidasse do ardor daquela extraordinária afeição que havia por parte do jovem nobre pelas qualidades impetuosas de seu cavalo; ao menos, ninguém a não ser um pequeno pajem insignificante e disforme, cujas deformidades incomodavam a todos e cujas opiniões eram da menor importância possível. Ele teve (se é que de algo vale mencionar suas ideias) o atrevimento de afirmar que seu amo nunca havia saltado na sela sem um estremecimento inexplicável e quase imperceptível; e que, ao retornar de cada passeio longo e habitual, uma expressão de malignidade triunfante distorcia cada músculo de seu rosto.

Em uma noite tempestuosa, Metzengerstein despertou de um sono pesado, desceu do quarto como um maníaco e, montando com uma pressa impetuosa, saiu galopando para o labirinto da floresta. Uma ocorrência tão comum não atraiu qualquer atenção especial, mas seu retorno foi esperado pelos criados com intensa ansiedade, quando, após algumas horas de ausência, eles verificaram que as estupendas e magníficas ameias do

Palácio Metzengerstein estalavam e sacudiam nas próprias fundações sob a influência de uma massa densa e lívida de fogo ingovernável.

Como as chamas, logo que foram vistas, já haviam feito um progresso tão terrível que todo esforço para salvar qualquer parte do edifício era evidentemente inútil, a vizinhança atônita acercou-se inativa, em silêncio, senão em patética surpresa. Mas um novo e terrível assunto logo chamou a atenção da multidão e acabou provando que a excitação forjada nos sentimentos de um público pela contemplação da agonia humana é muito mais intensa do que aquela causada pelos espetáculos mais aterrorizantes da matéria inanimada.

No alto da longa alameda de antigos carvalhos que conduzia da floresta à entrada principal do Palácio Metzengerstein, viu-se um corcel, carregando um cavaleiro sem chapéu e desalinhado, saltar com uma impetuosidade que ultrapassava a do próprio Demônio da Tempestade.

A corrida do cavaleiro era indiscutivelmente, de seu lado, incontrolável. A agonia do rosto, a luta convulsiva do corpo, evidenciavam um esforço sobre-humano: mas nenhum som, exceto um guincho solitário, escapou de seus lábios lacerados, que eram mordidos com cada vez mais força na intensidade do terror. Em um instante, o tropel dos cascos ressoou com nitidez e estridência acima do rugido das chamas e do brado dos ventos — mais um instante e, transpondo num único salto o portão e o fosso, o corcel disparou para as escadarias oscilantes do palácio e, com seu cavaleiro, desapareceu no redemoinho do fogo caótico.

A fúria da tempestade imediatamente amainou, e uma calmaria mortal repentinamente sobreveio. Uma chama branca ainda envolvia o edifício como uma mortalha e, elevando-se ao longe na atmosfera tranquila, lançava um fulgor de luz sobrenatural, enquanto uma nuvem de fumaça caía pesadamente sobre as ameias e formava a distinta figura colossal de — *um cavalo.*

# O BARRIL DE AMONTILLADO

As mil afrontas de Fortunato, eu as havia suportado da melhor forma possível; mas, quando ele ousou partir para o insulto, jurei vingança. Você, que tão bem conhece a natureza de minha alma, não irá supor, entretanto, que dei voz a uma ameaça. *Em algum momento*, eu seria vingado; esse era um ponto definitivamente acertado — mas a própria peremptoriedade com a qual fora resolvido obstava a ideia de risco. Devia não apenas punir, mas punir com impunidade. Um erro permanece sem correção quando a represália recai sobre aquele que corrige. Fica igualmente sem correção quando o vingador não consegue ser percebido como tal pelo autor do erro.

Deve ficar entendido que, nem por palavras, nem por atos, eu havia dado motivo a Fortunato para duvidar de minha boa vontade. Continuei, como era meu costume, a sorrir para o seu semblante, e ele não percebeu que meu sorriso *agora* era causado pela ideia de sua imolação.

Ele tinha um ponto fraco — esse Fortunato —, embora em outros aspectos fosse um homem a ser respeitado e até mesmo temido. Orgulhava-se de seus conhecimentos sobre vinho. Poucos italianos possuem o verdadeiro espírito do virtuoso. Isso porque, na maioria, o entusiasmo é adotado para convir ao momento e à oportunidade — para praticar a impostura sobre os *milionários* britânicos e austríacos. Em pintura e gemologia, Fortunato, como seus conterrâneos, era um charlatão — mas, em matéria de vinhos antigos, era sincero. Nesse quesito, eu não diferia dele substancialmente: eu mesmo era conhecedor das safras italianas e comprava em profusão sempre que podia.

Foi ao escurecer, em uma tarde, durante a suprema loucura da temporada de carnaval, que encontrei meu amigo. Cumprimentou-me com excessiva alegria, pois andara bebendo muito. O homem usava uma fantasia de bobo da corte. Vestia uma roupa colante listrada e a cabeça estava adornada por um chapéu cônico e guizos. Fiquei tão contente de encontrá-lo que pensei que nunca mais conseguiria parar de apertar-lhe a mão.

Disse a ele: "Meu caro Fortunato, que sorte encontrá-lo. Sua aparência está excelente hoje! Mas recebi uma pipa do que parece ser Amontillado e tenho cá minhas dúvidas".

"Como?" disse ele. "Amontillado? Uma pipa? Impossível! E bem no meio do Carnaval!"

"Tenho minhas dúvidas", respondi; "e fui tolo o suficiente para pagar o preço total pelo Amontillado sem consultá-lo acerca do assunto. Ninguém conseguia encontrá-lo e tive receio de perder um bom negócio".

"Amontillado!"
"Tenho minhas dúvidas."
"Amontillado!"
"E preciso esclarecê-las."
"Amontillado!"
"Como você está ocupado, estou indo ver o Luchesi. Se alguém tem faro, esse alguém é ele. Ele me dirá".
"Luchesi não consegue distinguir um Amontillado de um Xerez."
"E, no entanto, alguns tolos afirmam que o paladar dele é páreo para o seu."
"Venha, vamos."
"Para onde?"
"Para as suas caves."
"Meu amigo, não; não quero abusar de sua boa índole. Noto que você tem um compromisso. Luchesi".
"Não tenho compromisso algum; — vamos".
"Não, meu amigo. Não é o compromisso, mas o grave resfriado que percebo estar acometendo-o. As caves são terrivelmente úmidas. Estão incrustadas de salitre."
"Vamos assim mesmo. O resfriado é quase nada. Amontillado! Você foi iludido. E, quanto a Luchesi, não consegue distinguir um Xerez de um Amontillado."

Assim falando, Fortunato apoderou-se do meu braço. Colocando uma máscara de seda negra e envolvendo-me com um *roquelaire*,[1] permiti que ele me arrastasse até o meu *palazzo*.

---

[1] Antigo capote ou manto que descia até os joelhos.

Não havia criados em casa; haviam partido para a folia em homenagem à temporada. Eu lhes dissera que não regressaria antes do amanhecer e dera ordens expressas para não se ausentarem. Essas ordens foram suficientes, eu bem sabia, para garantir o sumiço imediato de todos assim que eu virasse as costas.

Retirei dos suportes duas tochas e, oferecendo uma a Fortunato, fiz com que se curvasse e o conduzi por vários aposentos até a arcada que levava às caves. Desci uma escadaria longa e tortuosa, pedindo-lhe que fosse cauteloso ao me seguir. Chegamos por fim ao pé das escadas e nos detivemos sobre o solo úmido das catacumbas dos Montresors.

Meu amigo caminhava de modo vacilante, e os guizos do seu chapéu soavam quando ele andava.

"A pipa?", perguntou ele.

"Mais à frente", respondi; "mas observe as teias brancas que brilham nas paredes desta caverna."

Ele se voltou para mim e olhou nos meus olhos com duas órbitas embaçadas que destilavam a reuma da intoxicação.

"Salitre?", perguntou ele, finalmente.

"Salitre", respondi. "Há quanto tempo você está com essa tosse?"

"Cof! cof! cof! — cof! cof! cof! — cof! cof! cof! — cof! cof! cof! — cof! cof! cof!"

Meu pobre amigo viu-se impossibilitado de responder por vários minutos.

"Não é nada", disse, por fim.

"Venha", disse eu, com decisão, "vamos voltar; sua saúde é preciosa. Você é rico, respeitado, admirado, querido; é feliz, como eu fui uma vez. Você é um homem cuja ausência será sentida. Para mim, nada importa. Vamos voltar, você vai ficar doente e não posso ser responsável por isso. Além disso, há o Luchesi".

"Chega", disse ele; "a tosse é coisa à toa; não vai me matar. Não vou morrer de tosse."

"Certo — certo", respondi. "E, na verdade, não tive intenção de alarmá-lo sem necessidade; mas você deve ter toda a cautela necessária. Um gole deste Médoc vai nos proteger contra a umidade."

Nesse momento, quebrei o gargalo de uma garrafa que retirei de uma longa fileira de garrafas semelhantes que jaziam sobre a terra.

"Beba", disse, oferecendo-lhe o vinho.

Ele o levou aos lábios com um olhar de soslaio. Fez uma pausa e acenou a cabeça afirmativamente com familiaridade, enquanto os guizos soavam.

"Bebo", disse ele, "aos sepultados que repousam à nossa volta."

"E eu, à sua longa vida."

Novamente tomou meu braço e avançamos.

"Essas caves", disse ele, "são extensas".

"Os Montresors," respondi, "eram uma família ilustre e numerosa".

"Não recordo o seu brasão."

"Um enorme pé humano de ouro, sobre um fundo azul celeste; o pé esmaga uma serpente furiosa cujas presas estão cravadas no calcanhar."

"E o lema?"
"*Nemo me impune lacessit*".²
"Ótimo!", disse.

O vinho brilhava em seus olhos e os guizos soavam. Minha própria imaginação acalorou-se com o Médoc. Havíamos passado por paredes de ossos empilhados, entre a mistura de barris e tonéis, até os recessos mais profundos das catacumbas. Fiz mais uma pausa e, dessa feita, ousei segurar Fortunato por um braço, acima do cotovelo.

"O salitre!" disse eu; "veja, está aumentando. Pende como musgo sobre as caves. Estamos sob o leito do rio. As gotas de umidade escorrem por entre os ossos. Venha, vamos voltar antes que seja tarde demais. A sua tosse".

"Não é nada", disse ele; "vamos prosseguir. Mas, antes, outro gole do Médoc."

Abri e lhe estendi uma garrafa de De Grâve. Ele a esvaziou de um gole só. Seus olhos faiscavam com uma luz selvagem. Gargalhou e atirou a garrafa para cima com uma gesticulação que não compreendi.

Olhei-o com surpresa. Ele repetiu o movimento — um movimento grotesco.

"Você não entende?", perguntou.

"Não", respondi.

"Então você não faz parte da irmandade."

"Como?"

"Você não é maçom."

"Sim, sim", disse eu; "sou, sim".

---

² Ninguém me fere impunemente.

"Você? Impossível! Um maçom?"

"Um maçom", respondi.

"Um sinal", pediu ele.

"Aqui está", respondi, apresentando uma colher de pedreiro que retirei das dobras de meu *roquelaire*.

"Você está brincando", exclamou ele, recuando alguns passos. "Mas vamos prosseguir até o Amontillado."

"Que seja", disse eu, recolocando a ferramenta sob o manto e oferecendo-lhe o braço outra vez. Ele se apoiou pesadamente. Continuamos nosso percurso em busca do Amontillado. Passamos por uma série de arcos baixos, descemos, seguimos adiante e, tornando a descer, chegamos a uma cripta profunda, onde a impureza do ar fazia nossas tochas luzirem, ao invés de arder.

Na extremidade mais remota da cripta, surgiu outra, menos espaçosa. As paredes haviam sido recobertas com restos humanos, empilhados até a abóbada, à moda das grandes catacumbas de Paris. Três lados dessa cripta interior ainda eram assim ornamentados. Na quarta, os ossos haviam sido jogados ao chão e jaziam promiscuamente sobre a terra, formando, em determinado ponto, um monte de tamanho razoável. Dentro da parede assim exposta pelo deslocamento dos ossos, notamos mais um recesso interior, com pouco mais de um metro de profundidade, um metro de largura e cerca de dois metros de altura. Parecia ter sido construído sem uma finalidade especial, mas formava apenas o intervalo entre dois dos suportes colossais do teto das catacumbas e tinha como fundo uma das paredes em granito sólido que delimitavam o espaço.

Foi em vão que Fortunato, levantando a tocha sem lume, tentou olhar para as profundezas do recesso. A luz débil não nos permitia ver o seu fim.

"Prossiga", disse eu; "aí dentro está o Amontillado. Quanto a Luchesi —"

"Ele é um ignorante", interrompeu meu amigo, enquanto avançava cambaleando e eu seguia imediatamente junto a seus calcanhares. Em um instante ele havia chegado à extremidade do nicho e, ao verificar que seu progresso havia sido interrompido pela rocha, parou estupidamente atordoado. Um momento mais e eu o agrilhoava ao granito. Em sua superfície, havia dois aros de ferro, distantes um do outro cerca de sessenta centímetros, horizontalmente. De um deles pendia uma corrente curta; de outro, um cadeado. Depois de colocar as argolas ao redor de sua cintura, prendê-la foi trabalho de apenas alguns segundos. Ele estava estupefato demais para resistir. Retirando a chave, dei alguns passos afastando-me do recesso.

"Passe a mão na parede", disse eu; "é impossível não sentir o salitre. De fato está *muito* úmido. Uma vez mais, deixe-me *implorar* que você volte. Não? Então preciso sem dúvida deixá-lo. Mas devo antes oferecer-lhe todas as pequenas atenções em meu poder."

"O Amontillado!" exclamou meu amigo, ainda não refeito de seu espanto.

"É verdade", disse eu; "o Amontillado".

Enquanto pronunciava essas palavras, eu remexia a pilha de ossos que mencionei antes. Atirando-os para o lado, logo descobri uma quantidade de pedras de construção e argamassa. Com esses materiais e a ajuda de minha colher de pedreiro, comecei vigorosamente a erguer uma parede na entrada do nicho.

Mal havia colocado a primeira fieira de alvenaria quando percebi que a embriaguez de Fortunato havia passado em grande parte. A primeira indicação que tive disso foi um lamento baixo proveniente das profundezas do recesso. *Não* era o gemido rouco e lamurioso de um homem bêbado. Seguiu-se então um silêncio longo e obstinado. Assentei a segunda fieira, e a terceira, e a quarta; e então ouvi as vibrações furiosas da corrente. O ruído perdurou por vários minutos, durante os quais, para poder ouvir com mais satisfação, interrompi meu trabalho e sentei-me sobre os ossos. Quando finalmente o tilintar cessou, retomei a colher e terminei sem interrupção a quinta, a sexta e a sétima fieiras. A parede estava então quase à altura do meu peito. Fiz nova pausa e, segurando a tocha sobre o trabalho de alvenaria, lancei uns poucos raios tímidos sobre a figura lá dentro.

Uma sucessão de gritos altos e estridentes, irrompendo subitamente da garganta da forma acorrentada, pareceu lançar-me com violência para trás. Por um breve momento hesitei — estremeci. Tirando meu florete da bainha, comecei a tatear com ele pelo recesso; mas um momento de reflexão voltou a me dar segurança. Coloquei a mão sobre a textura sólida das catacumbas e senti-me satisfeito. Reaproximei-me do muro. Repliquei aos gritos daquele que clamava. Reecoei-os — auxiliei-os — ultrapassei-os em volume e intensidade. Fiz isso e aquele que bradava silenciou.

Era então meia-noite e minha tarefa aproximava-se do fim. Havia completado a oitava, a nona e a décima fieiras. Havia terminado uma parte da última e décima-primeira; faltava apenas uma única pedra para ser colocada e rebocada. Lutei com seu peso; coloquei-a parcialmente na posição que lhe cabia. Mas então veio do nicho uma gargalhada soturna que me eriçou os cabelos. Foi seguida por uma voz triste, que tive dificuldade em reconhecer como a do nobre Fortunato. A voz disse:

"Ha! ha! ha! — he! he! — uma piada boa mesmo — uma brincadeira excelente. Vamos rir muito disso no *palazzo* — he! he! he! — bebendo nosso vinho — he! he! he!"

"O Amontillado!" disse cu.

"He! he! he! — he! he! he! — sim, o Amontillado. Mas será que não está ficando tarde? Será que não estarão esperando por nós no palazzo, Lady Fortunato e os outros? Devemos partir."

"Sim," disse eu, "devemos partir".

*"Pelo amor de Deus, Montresor!"*

"Sim", disse eu, "pelo amor de Deus!"

Mas, a essas palavras, esperei em vão por uma resposta. Fiquei impaciente. Chamei em voz alta:

"Fortunato!"

Nenhuma resposta. Chamei novamente:

"Fortunato!"

Nenhuma reação ainda. Introduzi uma tocha pela abertura remanescente e deixei-a cair lá dentro. Surgiu em resposta apenas um soar dos guizos. Meu coração começou a pesar — por conta da umidade das catacumbas.

Apressei-me para pôr fim ao meu trabalho. Forcei a última pedra em sua posição; reboquei-a. Contra a alvenaria nova, reergui a antiga trincheira de ossos. Por meio século, nenhum mortal os perturbou. *In pace requiescat*![3]

---

[3] Repouse em paz.

# A QUEDA DA CASA DE USHER

*Son coeur est um luth suspendu;*
*Sitôt qu'on le touche, il résonne.*[1]

De Béranger

Por todo um dia triste, sombrio e silente de outono, em que as nuvens baixas pairavam opressivamente no céu, eu estivera percorrendo solitário, a cavalo, uma região singularmente lúgubre, até que afinal me encontrei, ao caírem as sombras da noite, à vista da melancólica Casa de Usher. Não sei como foi isso, mas, ao primeiro relance do edifício, uma sensação de insuportável tristeza permeou meu espírito. Digo insuportável; pois a percepção não era em nada atenuada por aquela emoção meio agradável, já que poética, com que a mente costuma receber até as imagens naturais mais severas da desolação ou do terror. Olhei para a cena à minha

---

[1] "Seu coração é um alaúde suspenso; / Ao mais leve toque, ele ressoa."

frente — para a casa nua e os traços simples da paisagem daquele domínio — para as frias paredes negras — para as janelas como olhos vagos — para uns poucos juncos enfileirados — e para uns poucos troncos esbranquiçados de árvores decadentes — com uma absoluta depressão da alma que não consigo comparar adequadamente a qualquer outra sensação terrena, a não ser aquela que tem o viciado ao despertar de seu sonho de ópio — a recaída amarga na vida cotidiana — a horrível queda do véu. Havia uma frieza, um desalento, um mal-estar no coração, uma aridez irremediável do pensamento que nenhum estímulo da imaginação poderia transformar em algo de sublime. O que era aquilo — parei para pensar — o que era aquilo que tanto me perturbava na contemplação da Casa de Usher? Era um mistério em tudo insolúvel; tampouco conseguia eu atinar com as fantasias indistintas que me assombravam enquanto refletia. Fui forçado à insatisfatória conclusão de que, embora, sem dúvida, *existam* combinações de objetos naturais muito simples que têm o poder de afetar-nos desse modo, ainda assim a análise desse poder reside em considerações além do nosso alcance. Era possível, refleti, que um mero arranjo diferente dos pormenores daquela cena, dos detalhes daquele quadro, bastasse para modificar, ou talvez anular, sua capacidade de gerar uma impressão angustiante; e, agindo a partir dessa ideia, conduzi meu cavalo até a borda escarpada de um lago negro e sinistro que repousava com brilho sereno ao lado da moradia e olhei para baixo — mas com um arrepio ainda mais intenso que antes — para as imagens remodeladas e invertidas do junco cinzento, e dos fantasmagóricos caules das árvores, e das janelas vazias que pareciam olhos.

E, apesar disso, nessa mansão de tristeza, eu agora me propunha a passar uma temporada de algumas semanas. Seu proprietário, Roderick Usher, havia sido um de meus caros companheiros na infância; mas muitos anos haviam decorrido desde nosso último encontro. Uma carta, no entanto, havia chegado a mim recentemente em uma parte distante do país — uma carta dele — que, em sua natureza impetuosa e insistente, não admitia outra resposta a não ser minha presença. O manuscrito revelava sinais de agitação nervosa. O autor falava em uma doença física aguda — em uma perturbação mental que o oprimia — e em um sincero desejo de me ver, como seu melhor e, na verdade, único amigo íntimo, como um meio de tentar obter, com o prazer de minha companhia, algum alívio para a sua enfermidade. O modo como tudo isso, e muito mais, foi dito — o aparente *ardor* que acompanhou esse pedido — é que não me deu lugar para hesitação; e assim eu obedeci imediatamente àquilo que considerava uma convocação muito insólita.

Embora, quando meninos, tenhamos sido companheiros até que íntimos, ainda assim eu pouco conhecia o meu amigo. Sua reserva sempre havia sido excessiva e habitual. Eu sabia, no entanto, que aquela antiquíssima família havia sido conhecida, em tempos imemoriais, por uma susceptibilidade de temperamento peculiar que se exprimira, ao longo de muitas eras, em inúmeras obras de arte exaltadas e se manifestara, mais recentemente, em constantes atos de caridade pródiga, porém discreta, e também em uma devoção apaixonada pela ciência musical, talvez ainda mais por suas complexidades do que por suas belezas ortodoxas e facilmente reconhecíveis. Eu conhecia também o fato muito notável de que o tronco da estirpe de Usher, embora respeitado através dos tempos, não fizera brotar, em período algum, um ramo duradouro; em outras palavras, a família toda provinha da linha de descendência direta e sempre fora assim, com variações muito insignificantes e muito efêmeras. Era essa deficiência, eu considerava, enquanto em pensamento comparava a perfeita consonância entre o caráter das instalações e o caráter atribuído às pessoas e enquanto especulava sobre a influência que umas poderiam ter exercido sobre as outras, no longo decorrer dos séculos — era essa deficiência talvez, de uma linhagem colateral, assim como a consequente transmissão sem desvios, de pai para filho, do patrimônio juntamente com o nome, que os havia, finalmente, identificado a ambos, a ponto de fundir o título original da propriedade na distinta e equívoca denominação da "Casa de Usher" — denominação que parecia incluir, na mente do camponeses que a utilizavam, tanto a família como a mansão da família.

Eu disse que o único efeito de minha experiência um tanto infantil — olhar para dentro do lago — fora o de aprofundar a primeira impressão singular. Não pode haver dúvida de que a consciência do rápido aumento de minha superstição — e por que não haveria de chamá-la assim? — serviu principalmente para acelerar esse aumento mesmo. Assim é, como sei há muito tempo, a lei paradoxal de todos os sentimentos que têm o terror como base. E talvez tenha sido só por isso que, quando novamente ergui os olhos para a casa em si, a partir de sua imagem no lago, cresceu em minha mente uma estranha fantasia — uma fantasia tão ridícula, de fato, que apenas a menciono para demonstrar a força vívida das sensações que me oprimiam. Eu havia aguçado minha imaginação a ponto de realmente acreditar que, ao redor de toda a mansão e de toda a propriedade, pairava uma atmosfera peculiar a ambas e à sua vizinhança imediata — uma atmosfera que não tinha afinidade alguma com o ar do céu, mas que exalava das árvores decadentes, do muro cinzento e do lago silencioso — um vapor místico e pestilento, pesado, inerte, mal discernível e em tom de chumbo.

Sacudindo de meu espírito aquilo que *só podia* ter sido um sonho, examinei com mais minúcia o verdadeiro aspecto do edifício. Sua principal característica parecia ser a de uma excessiva antiguidade. A descoloração das eras havia sido enorme. Minúsculos fungos espalhavam-se por toda a parte externa, pendendo do telhado em teias finamente entrelaçadas. Entretanto, tudo isso estava livre de qualquer dilapidação extraordinária. Nenhuma parte da alvenaria havia ruído; e parecia haver uma absurda incoerência entre a ainda perfeita adaptação das partes e o estado de desintegração das pedras em separado. Nesse aspecto, muito me fazia lembrar a integridade ilusória da antiga marcenaria que apodrece por longos anos em alguma câmara esquecida, sem ser perturbada pelo sopro da atmosfera externa. Além dessa indicação de vasta decadência, porém, a estrutura dava poucos sinais de instabilidade. Talvez o olhar de um observador meticuloso descobrisse uma fissura pouco perceptível que, estendendo-se do telhado do edifício em frente, descia pela parede em ziguezague, até perder-se nas águas sombrias do lago.

Notando essas coisas, cavalguei por uma vereda curta até a casa. Um criado a postos tomou meu cavalo, e eu entrei na arcada gótica do vestíbulo. Um mordomo de passos furtivos então me conduziu, em silêncio, por muitos corredores escuros e intrincados em direção ao estúdio de seu amo. Muito do que encontrei pelo caminho contribuiu, não sei como, para acentuar as vagas sensações que já mencionei. Embora os objetos ao meu redor — embora os entalhes do teto, as tapeçarias sombrias das paredes, o negrume de ébano dos pisos e os fantasmagóricos troféus heráldicos que retiniam à minha passagem fossem apenas coisas às quais, ou semelhantes às quais, eu estivesse acostumado desde a primeira infância — embora eu não hesitasse em reconhecer como tudo isso me era familiar — ainda assim eu me admirava de perceber como não eram familiares as fantasias que aquelas imagens corriqueiras estavam fazendo irromper. Em uma das escadas, encontrei o médico da família. Sua fisionomia, pensei, revestia-se de uma expressão mista de torpe dissimulação e perplexidade. Ele aproximou-se com apreensão e passou adiante. O mordomo então abriu uma porta e conduziu-me[2] à presença de seu amo.

---

[2] Infelizmente, não há como recuperar a forma verbal empregada no original: a frase é "he ushered me", significativa por reverberar o título do conto.

A sala onde me encontrei era muito ampla e majestosa. As janelas eram compridas, estreitas e pontudas e estavam tão distantes do piso de carvalho negro que ficavam inteiramente inacessíveis pelo lado de dentro. Tênues raios de luz purpúrea abriam caminho através das vidraças de treliça e serviam para tornar suficientemente distintos os objetos mais proeminentes ao redor; o olhar, no entanto, lutava em vão para alcançar os ângulos mais remotos do recinto, ou os recessos do teto abobadado e lavrado. Tapeçarias escuras pendiam das paredes. A mobília em geral era abundante, desconfortável, antiquada e esfarrapada. Muitos livros e instrumentos musicais estavam espalhados, mas não conseguiam proporcionar qualquer vitalidade à cena. Eu senti que respirava uma atmosfera de pesar. Um ar de severa, profunda e irremediável melancolia cobria e permeava todas as coisas.

À minha entrada, Usher levantou-se de um sofá onde estivera completamente estendido e cumprimentou-me com uma simpatia vívida que tinha muito, pensei a princípio, de cordialidade exagerada — do esforço obrigatório do homem de sociedade *ennuyé*. Um relance, porém, à sua fisionomia, convenceu-me de sua perfeita sinceridade. Sentamo-nos; e, por alguns momentos, enquanto ele nada disse, contemplei-o com um sentimento misto de piedade e de espanto. Certamente, homem algum jamais havia passado por alteração tão terrível, em tão breve período, como Roderick Usher! Foi com dificuldade que eu consegui aceitar a identidade do ser abatido diante de mim como o companheiro de minha primeira infância.

Porém, a expressão de seu rosto sempre havia sido extraordinária. Uma compleição cadavérica; olhos grandes, líquidos e luminosos, inigualáveis; lábios um tanto finos e muito pálidos, mas com uma curva excepcionalmente bela; o nariz de um delicado modelo hebraico, mas com narinas largas, incomuns em configurações desse tipo; um queixo finamente modelado que exprimia, em sua falta de proeminência, uma falta de energia moral; o cabelo mais macio e mais tênue que uma teia de aranha; esses traços, com uma expansão excessiva acima das têmporas, formavam juntos uma fisionomia que não era fácil esquecer. E agora, no mero exagero do caráter prevalecente desses traços e da expressão que eles costumavam transmitir, havia tantas mudanças que eu me perguntava com quem estaria falando. A palidez agora fantasmagórica da pele e o brilho agora sobrenatural dos olhos, mais que tudo, surpreendiam-me e chegavam mesmo a amedrontar-me. O cabelo de seda, também ele, havia sofrido ao crescer todo descuidado, e como, em sua textura selvagem e diáfana, mais flutuava que caía ao redor do rosto, eu não conseguia, nem mesmo com esforço, relacionar sua expressão arabesca a qualquer ideia de simples humanidade.

No porte do meu amigo, impressionou-me de imediato uma incoerência — uma inconsistência; e logo descobri que isso se originava de uma série de esforços fracos e inúteis para superar uma apreensão e um tremor habituais — uma excessiva agitação nervosa. Para algo dessa natureza, eu me havia de fato preparado, não tanto por sua carta, mas por reminiscências de certos traços infantis e por conclusões que deduzi de sua conformação física e seu temperamento peculiares. Seus movimentos eram alternadamente vívidos e taciturnos. Sua voz variava rapidamente de uma indecisão trêmula (quando a vitalidade animal parecia estar inteiramente suprimida) para aquela espécie de concisão energética — aquela enunciação abrupta, pesada, lenta e cava — aquela elocução gutural plúmbea, contida e perfeitamente modulada que se pode observar no bêbado irremediável ou no irrecuperável consumidor de ópio durante os períodos de mais intensa excitação.

Foi então que ele falou do propósito de minha visita, de seu sincero desejo de ver-me e do conforto que esperava que eu lhe trouxesse. Chegou a falar, com certa minúcia, daquilo que acreditava ser a natureza de sua doença. Tratava-se, disse, de um mal constitutivo e familiar, para o qual procurava desesperadamente encontrar remédio — uma simples afecção nervosa, acrescentou imediatamente, que sem dúvida passaria logo. Essa doença manifestava-se em uma série de sensações incomuns. Algumas delas, do modo como ele as explicou, despertaram meu interesse e meu desconcerto; embora, talvez, os termos e o modo geral da narração tivessem seu peso. Ele sofria muito de uma acuidade mórbida dos sentidos; apenas o mais insípido alimento lhe era suportável; só podia usar vestimentas de certa textura; os aromas de todas as flores lhe eram opressivos; seus olhos eram torturados até mesmo por uma luz delicada; e somente uns poucos sons peculiares, ainda assim de instrumentos de corda, não lhe inspiravam horror.

De uma espécie de terror excepcional, descobri que era um escravo cativo. "Vou morrer", disse ele, "*devo* morrer nesta loucura deplorável. É assim, assim, e não de outro modo, que acabarei me perdendo. Temo os acontecimentos futuros, não em si, mas em seus resultados. Estremeço com a ideia de qualquer incidente, até mesmo o mais trivial, que possa influir nesta intolerável agitação da alma. Na verdade, não tenho aversão ao perigo, exceto em seu efeito absoluto — o terror. Nesta perturbação, neste estado deplorável, sinto que, mais cedo ou mais tarde, chegará o momento em que deverei abandonar a vida e a razão ao mesmo tempo, em alguma luta contra o mórbido fantasma, o MEDO".

Além disso tudo, fui descobrindo, aos poucos, e por meio de indícios fragmentados e ambíguos, outra característica singular de sua enfermidade mental. Ele estava acorrentado a certas impressões supersticiosas relativas à casa em que morava e de onde, por muitos anos, nunca se havia aventurado a sair — relativas a uma influência cuja suposta força era expressa em termos demasiado nebulosos para ser aqui reproduzidos — influência que algumas peculiaridades na mera forma e substância de sua mansão familiar haviam, por força de longo sofrimento, disse ele, prevalecido sobre seu espírito — um efeito que a *anatomia* das torres e dos muros cinzentos, e do lago turvo para dentro do qual todos eles olhavam havia, por fim, causado no *moral* de sua existência.

Ele admitia, porém, embora com hesitação, que muito da peculiar melancolia que assim o afligia poderia ser atribuída a uma origem mais natural e muito mais palpável — à enfermidade grave, longa e contínua — de fato, à separação evidentemente próxima — de uma irmã amada com ternura, única companheira de muitos anos, sua última e única parente no mundo. "Sua morte", disse ele, com uma amargura que jamais esquecerei, faria dele (ele, o desesperado e o delicado) "o último da antiga família dos Usher". Enquanto ele falava, Lady Madeline (pois assim era ela chamada) passou por uma parte distante do aposento e, sem ter notado minha presença, desapareceu. Eu a olhei com absoluto espanto não isento de pavor; e, no entanto, achava impossível explicar esses sentimentos. Uma sensação de estupor me oprimia à medida que meus olhos acompanhavam seus passos afastando-se. Quando uma porta, finalmente, fechou-se à sua passagem, meu olhar buscou instintiva e ansiosamente o semblante do irmão; mas ele havia enterrado o rosto nas mãos, e consegui apenas perceber que uma palidez muito além do comum havia se espalhado pelos dedos emaciados pelos quais gotejavam muitas lágrimas passionais.

A doença de Lady Madeline há muito desconcertara a habilidade de seus médicos. Uma apatia permanente, um definhamento gradual do organismo e crises frequentes, embora passageiras, de caráter parcialmente cataléptico constituíam o insólito diagnóstico. Até então, ela vinha resistindo firmemente à pressão da doença e ainda não se havia entregado definitivamente ao leito; mas, no final da tarde em que cheguei a casa, sucumbiu (como o irmão me disse à noite, com inexprimível agitação) ao poder de prostração da enfermidade destruidora; e vim a saber que o vislumbre obtido de sua pessoa provavelmente era o último que eu teria — que a dama, pelo menos enquanto vivesse, não seria mais vista por mim.

Por vários dias seguidos, seu nome não foi mais mencionado, quer por Usher, quer por mim; e, durante esse período, eu me ocupei com as mais sinceras tentativas de aliviar a melancolia de meu amigo. Pintávamos e líamos juntos, ou eu escutava, como em um sonho, os delirantes improvisos de seu expressivo violão. E assim, à medida que uma intimidade mais e mais forte me permitia entrar cada vez mais sem reservas no recesso de seu espírito, com mais amargura eu percebia a futilidade de qualquer tentativa de alegrar aquela mente da qual a escuridão, como se fosse uma característica positiva inerente, derramava-se sobre todos os objetos do universo físico e moral em uma incessante irradiação de pesar.

Sempre terei na lembrança as muitas horas solenes que assim passei, a sós, com o senhor da Casa de Usher. Porém, fracassaria em qualquer tentativa de transmitir uma ideia do exato caráter dos estudos, ou das ocupações, nos quais ele me envolveu, ou aos quais me conduziu. Uma idealidade excitada e altamente destemperada lançava um brilho sulfúreo sobre tudo. Suas elegias longamente improvisadas soarão para sempre em meus ouvidos. Entre outras coisas, lembro-me dolorosamente de certa amplificação e certa perversão singular da melodia impetuosa da última valsa de Von Weber. Dos quadros que sua elaborada fantasia criava e que se desenvolviam, a cada pincelada, em vaguidades que me faziam estremecer com calafrios cada vez mais fortes porque estremecia sem saber por quê — desses quadros (vívidos como hoje são vívidas suas imagens diante de mim), eu me esforçaria em vão para extrair mais que uma pequena parte passível de caber no âmbito de meras palavras escritas. Pela absoluta simplicidade, pela nudez de seus desenhos, ele prendia e subjugava a atenção. Se alguma vez um mortal chegou a pintar uma ideia, esse mortal foi Roderick Usher. Para mim, pelo menos, nas circunstâncias que então me rodeavam, brotava, das puras abstrações que o hipocondríaco conseguia lançar em suas telas, uma intensidade de intolerável terror, do qual eu jamais senti sequer a sombra ao contemplar os devaneios certamente fulgurantes, mas demasiado concretos, de Fuseli.

Uma das concepções fantasmagóricas do meu amigo que não era tão rigidamente partidária do espírito de abstração pode ser esboçada, embora precariamente, com palavras. Um pequeno quadro apresentava o interior de uma câmara ou túnel incomensuravelmente longo e retangular, com paredes baixas, lisas, brancas e sem interrupção ou ornamento. Certos pontos acessórios do desenho serviam bem para transmitir a ideia de que essa escavação ficava a uma grande profundidade debaixo da superfície da terra. Nenhuma saída se observava em parte alguma dessa vasta extensão, e nenhuma tocha ou qualquer outra fonte de luz artificial era discernível; entretanto, uma torrente de raios intensos espalhava-se por toda parte e banhava o todo em um esplendor fantasmagórico e inadequado.

Falei há pouco daquela mórbida enfermidade do nervo auditivo que tornava toda música intolerável ao enfermo, com a exceção de certos efeitos dos instrumentos de corda.

Talvez tenham sido esses limites rígidos, segundo os quais ele assim se limitava ao violão, que deram origem, em grande medida, ao caráter fantástico de suas execuções. Mas a férvida *destreza* de seus *impromptus* não podia ser assim explicada. Eles deviam residir, e residiam, tanto nas notas como nas palavras de suas fantasias delirantes (pois não era incomum ele fazer-se acompanhar de improvisações verbais rimadas), o resultado daquela intensa concentração e controle mental aos quais previamente aludi como observáveis apenas em momentos excepcionais da mais alta excitação artificial. Das palavras de uma dessas rapsódias, lembro-me com facilidade. Talvez eu tenha ficado mais fortemente impressionado com ela à medida que ele a apresentava, pois, na correnteza subjacente ou mística de seu significado, imaginei perceber, e isso pela primeira vez, uma consciência plena por parte de Usher de que sua altiva razão oscilava no trono. Os versos, intitulados "O Palácio Assombrado", consistiam mais ou menos, se não exatamente, no seguinte:

I.
No mais verde dos nossos vales,
por bons anjos habitado,
um belo palácio imponente —
um palácio radiante — já elevou sua fronte.
Nos domínios do rei Pensamento —
tal monumento se erguia!
Jamais serafim alçou voo
por sobre estrutura tão fina.

II.
Bandeirolas amarelas, áureas, gloriosas,
No telhado voejavam, flutuavam
(isso — isso tudo — ocorreu em antigo
tempo, tão passado);
e em todo ar que se alastrava,
naqueles dias afáveis,
pelos muros pálidos e ornados,
um alado odor se exalava.

III.
Quem vagasse no alegre vale
por duas luzentes janelas via
espíritos movendo-se à música
que afinado alaúde provia;
giravam em torno de um trono
onde, sentado, sua glória exibia
(Porfirogênito!)
o rei que ao reino convinha.

IV.
De pérolas e rubis rutilantes
era a linda porta do palácio
por onde fluía, fluía, fluía
e ainda mais reluzia
uma tropa de Ecos cantantes
que do rei suavemente louvava
em vozes de insuperável beleza,
o espírito e a sabedoria.

V.

Mas entes maus, vultos sombrios,
violaram o reino do monarca;
(ah, deploremos, pois outro porvir jamais
sobre o desolado rei há de brilhar!)
E, daquela glória ao redor de seu lar,
que floresceu e vicejou um dia,
só resta agora a esmaecida história
da antiga era que na cova jaz.

VI.

Viajantes hoje nesse vale,
Pelas rubras janelas veem
Formas amplas dançando fantásticas
a uma melodia dissonante;
Enquanto, como vertiginoso rio medonho,
pela lúrida porta rebentando,
horrenda turba se lança eternamente,
Rindo — mas sem sorrir, nunca mais.

Eu bem me lembro de que as sugestões provindas dessa balada conduziram-nos a uma série de ideias em que se manifestou uma das opiniões de Usher — opinião que eu menciono não tanto por sua novidade (pois outros homens[3] já pensaram assim), mas pela pertinácia com que ele a defendia. Essa opinião, em termos gerais, era a da consciência de todas as coisas vegetais. Mas, em sua

---

[3] Watson, Dr. Percival, Spallanzani e especialmente o Bispo de Landaff. Ver *Chemical Essays*, vol. V.

imaginação desordenada, a ideia havia assumido um tom mais ousado e havia invadido, em certas condições, o reino do inorgânico. Não tenho palavras para exprimir toda a extensão, ou a sincera *desenvoltura* de sua persuasão. A crença, entretanto, estava relacionada (como mencionei previamente) com as pedras cinzentas do lar de seus antepassados. As condições da consciência já estavam lá, ele imaginava, manifestas pelo método de colocação dessas pedras — na ordem de sua disposição, assim como na ordem dos muitos fungos que se espalhavam sobre elas e nas árvores decadentes que se erigiam ao seu redor — acima de tudo, na longa e imperturbável resistência dessa disposição e em sua reduplicação nas águas tranquilas do lago. Sua evidência — a prova da consciência — ainda podia ser vista, disse ele (e então tive um sobressalto enquanto ele falava), na condensação gradual, porém certa, de uma atmosfera própria ao redor das águas e dos muros. O resultado podia ser descoberto, acrescentou ele, naquela influência silenciosa, mas persistente e terrível que, por séculos, havia moldado os destinos de sua família e que faziam *dele* aquilo que então eu via — aquilo que ele era. Tais opiniões não requerem comentário, e eu não farei nenhum.

 Nossos livros — os livros que, por anos, haviam formado uma parte nada desprezível da existência mental do enfermo — tinham, como se poderia supor, forte afinidade com esse caráter fantasmagórico. Examinamos juntos obras como *Ververt et Chartreuse*, de Gresset; o *Belphegor*, de Maquiavel; o Céu e o Inferno, de Swedenborg; a *Viagem Subterrânea de Nicholas Klimm*, de Holberg; a *Quiromancia*, de

Robert Flud, Jean D'Indaginé e Dela Chambre; a *Jornada na Distância Azul*, de Tieck; *e a Cidade do Sol*, de Campanella. Um volume favorito era a pequena edição *in-octavo* do *Directorium Inquisitorium*, do dominicano Eymeric de Gironne; e havia trechos de Pomponius Mela a respeito dos antigos sátiros africanos e dos egipãs sobre os quais Usher se debruçava sonhando por muitas horas. Seu principal deleite, no entanto, encontrava-se na leitura atenta de um livro *in-quarto* gótico muitíssimo raro e curioso — o manual de uma igreja esquecida — o *Vigiliae Mortuorum secundum Chorum Ecclesiae Maguntinae*.

Eu não podia deixar de pensar no ritual delirante dessa obra e em sua provável influência no hipocondríaco quando, uma noite, tendo-me informado abruptamente de que Lady Madeline não mais existia, ele declarou sua intenção de preservar-lhe o corpo por quinze dias (antes de seu enterro definitivo) em uma das numerosas câmaras que ficavam dentro dos muros principais do edifício. Mas a razão profana atribuída a esse procedimento singular era tal que eu não me sentia à vontade para contestar. O irmão havia sido levado a tal resolução (assim me disse ele) ao considerar o caráter incomum da doença da falecida, certas indagações indiscretas e ansiosas por parte de seus médicos e a localização afastada e exposta do cemitério da família. Não vou negar que, quando evoquei a fisionomia sinistra da pessoa que encontrei na escadaria, no dia de minha chegada a casa, não tive desejo de opor-me àquilo que encarei, quando muito, apenas como uma precaução inofensiva e de modo algum fora do normal.

A pedido de Usher, ajudei-o pessoalmente nos preparativos para o enterro temporário. Colocado o corpo no caixão, apenas nós dois o levamos até seu repouso. A câmara mortuária onde o colocamos (e que havia ficado por tanto tempo fechada que nossas tochas, meio apagadas em sua atmosfera opressiva, ofereceram-nos pouca oportunidade de investigação) era pequena, úmida e sem nenhum meio para entrada de luz; jazia a uma grande profundidade, imediatamente abaixo da parte do edifício na qual se encontrava meu próprio dormitório. Ela havia sido utilizada, aparentemente, em remotos tempos feudais, com os cruéis propósitos de calabouço e, em dias mais recentes, como depósito de pólvora ou outra substância altamente inflamável, já que uma parte do piso e todo o interior de uma longa arcada pela qual a ela chegamos haviam sido cuidadosamente revestidos de cobre. A porta, de ferro maciço, também havia sido assim protegida. Seu peso enorme produzia um som excepcionalmente irritante e áspero quando ela se movia nos gonzos.

Tendo depositado nosso fardo fúnebre sobre cavaletes dentro daquela região de horror, levantamos parcialmente a tampa ainda desparafusada do caixão e olhamos para o rosto da ocupante. Uma impressionante semelhança entre irmão e irmã prendeu então minha atenção pela primeira vez; e Usher, adivinhando talvez meus pensamentos, murmurou umas poucas palavras pelas quais vim a saber que a falecida e ele haviam sido gêmeos e que afinidades de uma natureza dificilmente inteligível sempre haviam existido entre eles. Nossos olhares, porém, não se detiveram muito tempo na morta — pois não conseguíamos contemplá-la sem espanto. A doença que assim enterrava a dama no vigor da juventude havia deixado, como é comum em todas as doenças de caráter estritamente cataléptico, o simulacro de um leve rubor no seio e nas faces, e aquele sorriso capciosamente hesitante nos lábios que é tão terrível na morte. Recolocamos e parafusamos a tampa do caixão e, depois de trancar a porta de ferro, dirigimo-nos com dificuldade para os aposentos um pouco menos sombrios da parte superior da casa.

E então, depois de transcorridos alguns dias de amargo pesar, uma visível mudança ocorreu nas características da desordem mental do meu amigo. Seu jeito habitual havia desaparecido. Suas ocupações corriqueiras foram negligenciadas ou esquecidas. Ele vagava de quarto em quarto com passo apressado, desigual e sem objetivo. A palidez de seu rosto havia assumido, se isso é possível, uma tonalidade mais fantasmagórica — mas a luminosidade de seus olhos havia desaparecido inteiramente. A rouquidão antes ocasional de seu tom de voz não se ouvia mais; e uma hesitação trêmula, como de extremo terror, passou a caracterizar sua dicção. Houve momentos, de fato, nos quais acreditei que sua mente em incessante agitação padecia com algum segredo opressivo e que ele lutava a fim de obter a coragem necessária para revelá-lo. Em determinados momentos, novamente sentia-me obrigado a interpretar tudo aquilo como meros caprichos inexplicáveis da loucura, pois o surpreendia olhando para o nada por longas horas, em uma atitude que indicava a mais profunda atenção, como se estivesse escutando algum som imaginário. Não era de admirar que sua doença me aterrorizasse — que me infectasse. Eu sentia esgueirando-se em mim, lenta, mas seguramente, as influências extravagantes de suas fantásticas, porém impressionantes, superstições.

Foi, em particular, depois de ir deitar-me tarde na noite do sétimo ou oitavo dia após havermos colocado Lady Madeline na masmorra, que eu vivenciei o pleno poder dessas sensações. O sono nem sequer se aproximava do meu leito — enquanto as horas se esvaíam e se esvaíam. Eu lutava para que a razão expulsasse o nervosismo que me havia dominado. Esforçava-me para acreditar que muito do que sentia, senão tudo, devia-se à influência perturbadora da mobília taciturna do quarto — das tapeçarias escuras e rotas que, forçadas ao movimento pelo sopro de uma tempestade iminente, oscilavam intermitentes sobre as paredes e farfalhavam inquietas ao redor dos adornos da cama. Mas meus esforços foram infrutíferos. Um tremor incontrolável gradualmente tomou conta de meu corpo; e, afinal, instalou-se em meu próprio coração um íncubo de alarme totalmente infundado. Descartando-o com um gemido e um esforço, ergui-me sobre os travesseiros e, esquadrinhando ansiosamente a intensa escuridão do aposento, pus-me a escutar — não sei por que, exceto pelo fato de um espírito instintivo ter-me levado a isso — certos sons baixos e indefinidos que chegavam, através das pausas da tempestade, em longos intervalos, não sabia de onde. Dominado por uma intensa sensação de horror, inexplicável e, no entanto, insuportável, vesti-me depressa (pois senti que não conseguiria mais dormir naquela noite) e fiz um esforço para sair do estado lamentável em que caíra, passando a andar rapidamente de um lado para outro dentro do quarto.

Eu havia dado, assim, apenas algumas voltas quando um passo leve em uma escada ao lado chamou minha atenção. Logo o reconheci como sendo de Usher. No instante seguinte, ele bateu de leve, com um toque suave, em minha porta e entrou, segurando uma lamparina. Seu rosto tinha, como de costume, a palidez de um cadáver — mas, além disso, havia uma espécie de hilaridade insana em seus olhos — uma *histeria* evidentemente contida em toda a sua conduta. Sua aparência amedrontou-me — mas qualquer coisa era preferível à solidão que eu havia por tanto tempo suportado, e até mesmo acolhi sua presença como um alívio.

"E você não viu isso?", disse ele abruptamente, depois de olhar ao redor de si por alguns momentos em silêncio, "não viu isso? Mas espere! Você vai ver". Assim falando e tendo protegido a lamparina com cuidado, ele correu para um dos batentes das janelas e abriu-a inteiramente à tempestade.

A fúria impetuosa da rajada que entrou quase nos ergueu do chão. Era, de fato, uma noite tempestuosa, mas austeramente bela, selvagemente peculiar em seu horror e em sua beleza. Um redemoinho havia aparentemente tomado força em nossa vizinhança; pois havia frequentes e violentas alterações na direção do vento; e a densidade excessiva das nuvens (que pairavam tão baixas como se pressionassem os torreões da casa) não nos impedia de perceber a velocidade enérgica com a qual elas voavam disparando de todos os pontos, umas contra as outras, sem sumir na distância. Digo que mesmo sua excessiva densidade não nos impedia de perceber isso — embora não tivéssemos o menor vislumbre da lua ou das estrelas, nem houvesse brilho de relâmpago algum. Mas a superfície inferior das enormes massas de vapor agitado, assim como todos os objetos terrestres imediatamente ao nosso redor, brilhava sob a claridade sobrenatural de uma exalação gasosa levemente luminosa e distintamente visível que pairava ao redor da mansão e a amortalhava.

"Você não deve — você não pode ver isso!", disse eu, estremecendo, para Usher, enquanto o conduzia, com delicada firmeza, da janela para uma cadeira. "Essas aparições que o transtornam são apenas fenômenos elétricos nada incomuns — ou pode ser que tenham sua origem fantasmagórica no miasma rançoso do lago. Vamos fechar esta janela — o ar está frio e é perigoso para a sua constituição. Aqui está um de seus romances favoritos. Eu vou ler, e você vai ouvir: — e assim vamos passar esta terrível noite juntos."

O antigo volume que eu havia apanhado era o *Mad Trist*, de Sir Launcelot Canning; mas eu o havia chamado de um favorito de Usher mais como uma brincadeira triste do que a sério; pois, na verdade, pouco havia em sua prolixidade tosca e sem imaginação que pudesse interessar à idealidade elevada e espiritual de meu amigo. Era, entretanto, o único livro imediatamente à mão; e eu acalentei uma vaga esperança de que a excitação que ora agitava o hipocondríaco pudesse encontrar alívio (já que a história dos distúrbios mentais está repleta de anomalias semelhantes) até mesmo na tolice extrema que estava para ler. Se eu de fato pudesse julgar pelo ar de vivacidade ansioso e superexcitado com que ele escutava, ou aparentemente escutava, as palavras do conto, poderia até mesmo me felicitar pelo sucesso de meu plano.

Eu havia chegado àquela parte conhecida da história em que Ethelred, o herói de Trist, tendo procurado em vão ser admitido pacificamente à moradia do eremita, tenta agora entrar nela à força. Aqui, como hão de lembrar-se, as palavras da narrativa são as seguintes:

"E Ethelred, que era por natureza de coração valente e agora sentia-se muito poderoso pelas virtudes do vinho que havia bebido, não mais esperou para conversar com o eremita, que, na verdade, era teimoso e malicioso; mas, sentindo a chuva cair em seus ombros e temendo a aproximação da tempestade, ergueu a clava e, com vários golpes, rapidamente abriu uma fenda para a mão enluvada nas tábuas da porta; e então, pressionando a seguir com vigor, rachou, e arrancou, e dilacerou tudo, de modo que o ruído da madeira seca e oca vibrou e reverberou por toda a floresta."

Ao término dessa frase, tive um sobressalto e me detive por um momento; pois me pareceu (embora de imediato concluísse que minha excitada imaginação me tivesse ludibriado) — pareceu-me que, de alguma parte muito distante da mansão, chegava indistintamente aos meus ouvidos aquilo que poderia ser, em sua exata similaridade de caráter, o eco (mas um eco abafado e surdo, com certeza) do próprio som de rachadura e dilaceramento que *Sir*

Launcelot havia descrito com tanta minúcia. Era, sem dúvida, a coincidência em si que prendera a minha atenção; porque, entre o gemido dos caixilhos dos batentes e a combinação dos ruídos habituais da tempestade ainda crescente, o rumor em si nada tinha, com certeza, que me pudesse interessar ou perturbar. Continuei com a história:

"Mas o bom campeão Ethelred, agora entrando pela porta, ficou muito enfurecido e surpreso por não encontrar nenhum sinal do eremita maldoso; porém, no lugar dele, um dragão cheio de escamas e de aspecto prodigioso, com uma língua flamejante, montava guarda diante de um palácio de ouro com chão de prata; e, na parede, pendia um escudo de bronze brilhante com a seguinte inscrição gravada:

Quem aqui entrar conquistador será;
Quem o dragão liquidar o escudo obterá.

E Ethelred levantou a clava e atingiu a cabeça do dragão, que caiu diante dele e exalou seu hálito pestilento com um guincho tão horrendo e estridente, e ao mesmo tempo tão penetrante, que Ethelred tapou os ouvidos com as mãos ao escutar o ruído assustador, como antes jamais escutara."

Aqui, novamente, fiz uma pausa abrupta e, desta vez, com uma sensação de desconcertado espanto — pois não podia haver dúvida alguma de que, nesse instante, eu de fato escutei (embora de qual direção ele provinha me fosse impossível dizer), um som baixo e aparentemente distante, mas áspero, prolongado e estranhíssimo, como um grito ou um rangido — a réplica exata daquilo que minha imaginação já havia concebido para o guincho sobrenatural do dragão, tal como fora descrito pelo romancista.

Oprimido, como eu certamente estava, na ocorrência dessa segunda e altamente extraordinária coincidência, por mil sensações contraditórias, em que o espanto e o extremo terror predominavam, eu ainda mantinha suficiente presença de espírito para evitar estimular, com qualquer observação, a sensibilidade nervosa de meu companheiro. Eu não tinha a menor certeza de que ele tivesse percebido os sons em questão; embora, indubitavelmente, houvesse ocorrido uma estranha alteração, nos últimos minutos, em seu comportamento. De uma posição em face da minha, ele havia gradualmente girado sua cadeira de modo a sentar-se com o rosto voltado para a porta do quarto; e assim eu conseguia apenas perceber suas feições de forma parcial, embora visse que seus lábios tremiam como se ele estivesse murmurando inaudivelmente. A cabeça havia caído sobre o peito — e, no entanto, eu sabia que ele não estava adormecido, porque, quando lhe entrevi o perfil, vi seus olhos ampla e rigidamente abertos. O movimento do corpo também estava em desacordo com essa ideia — pois ele balançava de um lado para outro com uma oscilação suave, mas constante e uniforme. Tendo rapidamente observado tudo isso, retomei a narrativa de *Sir* Launcelot, que assim prosseguia:

"E agora o campeão, após escapar à terrível fúria do dragão e recordando o escudo de bronze e a quebra do encanto que ele continha, removeu a carcaça do caminho e avançou corajosamente pelo pavimento de prata do castelo até a parede onde pendia o escudo; este, na verdade, não esperou sua chegada, mas caiu a seus pés no piso de prata, com um retinir estrondoso e terrível."

Mal essas sílabas saíram de meus lábios — como se um escudo de bronze tivesse de fato, naquele instante, caído pesadamente em um piso de prata —, eu me dei conta de um eco distinto, cavo, metálico e ressoante, mas aparentemente abafado. Completamente perturbado, pus-me de pé de um salto; mas o balanço compassado de Usher permanecia inabalável. Corri para a cadeira em que ele estava sentado. Seus olhos estavam fixos diante de si, e em toda a sua fisionomia reinava uma rigidez de pedra. Mas, quando coloquei a mão em seu ombro, um forte tremor percorreu todo o seu corpo; um sorriso doentio tremulou em seus lábios; e vi que ele falava em um murmúrio baixo, apressado e incoerente, como se estivesse alheio à minha presença. Inclinando-me perto dele, finalmente absorvi o horrendo sentido de suas palavras.

"Agora consegue escutar? — sim, eu escuto e *venho* escutando. Há longos — longos — longos — muitos minutos, muitas horas, muitos dias, venho escutando — e, no entanto, não ousei — oh, piedade de mim, infeliz miserável que sou! — eu não ousei — não *ousei* falar! *Nós a pusemos viva no túmulo!* Eu não disse que meus sentidos eram aguçados? *Agora* digo que escutei seus primeiros movimentos tênues no caixão oco. Eu os escutei — muitos, muitos dias atrás — e, no entanto, não ousei — *não ousei falar!* E agora — esta noite — Ethelred — ha! ha! O arrombamento da porta do eremita, e o grito de morte do dragão, e o estrondo do escudo — melhor dizendo, a ruptura do seu esquife e o ranger das dobradiças de ferro de sua prisão, e seus esforços na arcada de cobre da câmara mortuária! Oh! Para onde posso escapar? Não estará ela já aqui? Não vem ela correndo censurar-me por minha pressa? Não escuto seus passos na escada? Não percebo esse pesado e horrível bater de seu coração? Louco!" — aqui, ele se pôs furiosamente de pé e gritou as sílabas, como se, nesse esforço, estivesse entregando a alma — "*Louco! Eu lhe digo que ela agora está de pé atrás da porta!*"

Como se, na energia sobre-humana desse enunciado, houvesse sido liberado o poder de um encantamento, os enormes e antigos painéis das portas para os quais o falante apontava retraíram instantaneamente suas mandíbulas pesadas e ebúrneas. Era o resultado de uma impetuosa rajada de vento — mas, *de fato*, atrás daquelas portas, encontrava-se a figura imponente e amortalhada de Lady Madeline de Usher. Havia sangue em suas vestes brancas e os sinais irrefutáveis de uma luta pungente em cada parte de seu corpo emaciado. Por um momento, ela permaneceu tiritando e cambaleando para trás e para frente na soleira da porta — e então, com um gemido baixo e lamentoso, caiu pesadamente para dentro, em cima do corpo do irmão e, em sua violenta e agora última agonia, derrubou-o no chão, já ele um cadáver, vítima dos terrores que havia antecipado.

Daquele quarto e daquela mansão, eu fugi horrorizado. A tempestade ainda rugia lá fora em toda a sua fúria quando me encontrei cruzando a antiga estrada. Subitamente, uma luz estranha iluminou todo o caminho, e eu me voltei para ver de onde um clarão tão extraordinário podia ter-se originado; pois apenas havia a enorme casa e suas sombras atrás de mim. A irradiação era da lua cheia, no ocaso, vermelha cor de sangue, que agora brilhava vividamente através daquela fissura antes mal discernível e que anteriormente descrevi como um ziguezague que se estendia do telhado do edifício até a base. Enquanto eu a contemplava, aquela fissura rapidamente se ampliou — soprou a rajada impetuosa do vendaval — o orbe do satélite explodiu inteiro, de uma vez, diante dos meus olhos — meu cérebro vacilou quando vi os poderosos muros desmoronarem — houve um longo som tumultuoso e lancinante como a voz de mil águas — e o lago profundo e viscoso a meus pés se fechou, sombria e silenciosamente, sobre os fragmentos da *"Casa de Usher"*.

# O POÇO E O PÊNDULO

*Impia tortorum longas hic turba furores
Sanguinis innocui, non satiata, aluit.
Sospite nunc patria, fracto nunc funeris antro,
Mors ubi dira fuit vita salusque patent.*

[Quadra composta para os portões de um mercado a ser construído no local do Clube Jacobino em Paris.]

Eu estava doente — doente, quase à morte, com aquela longa agonia; e quando eles, por fim, soltaram minhas amarras e pude me sentar, percebi que os meus sentidos me abandonavam. A sentença — a terrível sentença de morte — foi a última enunciação distinta que me chegou aos ouvidos. Depois disso, o som das vozes inquisitórias pareceu fundir-se em um murmúrio etéreo indeterminado. Ele transmitia para a minha alma a ideia de *revolução* — talvez devido à sua associação, na fantasia, com o ruído da roda de um moinho. Isso apenas por um breve período, pois logo nada mais ouvi. Entretanto, durante algum tempo, vi — mas com que exagero terrível! Vi os lábios dos juízes de toga preta. Pareciam-me brancos — mais brancos do que a folha sobre a qual traço estas palavras — e grotescamente finos; finos com a intensidade de sua expressão de firmeza — de resolução imóvel — de implacável desprezo pela tortura humana. Vi que as sentenças daquilo que para mim era Destino ainda estavam sendo proferidas daqueles lábios. Vi que eles se contorciam com uma locução mortal. Vi que formavam as sílabas do meu nome; e estremeci, pois som nenhum houve. Vi também, durante alguns momentos de horror delirante, o suave e quase imperceptível tremular das sombrias cortinas que envolviam as paredes do aposento. E então minha visão pousou em sete longas velas sobre a mesa. No início, assumiam o aspecto da caridade e pareciam esguios anjos brancos que viriam me salvar; mas, depois, de súbito, uma náusea terrivelmente mortal dominou o meu espírito, e senti cada fibra do meu corpo estremecer, como se eu tivesse tocado o fio de uma bateria galvânica, enquanto as formas angelicais se transformavam em espectros sem sentido, com cabeças de chama, e vi que deles não viria qualquer ajuda. E, então, insinuou-se em minha imaginação, como uma nota musical cheia, o pensamento daquele doce repouso que deve existir dentro do túmulo. O pensamento chegou suave e mansamente, e pareceu demorar antes de atingir a completa compreensão; mas, assim que o meu espírito conseguiu, afinal, senti-lo e acolhê-lo adequadamente, as figuras dos juízes se dissiparam, como por mágica, bem diante de mim; as longas velas submergiram no nada; as chamas extinguiram-se por completo; o negrume da escuridão sobreveio; todas as sensações pareceram tragadas por uma descida ensandecida como a da alma para o interior do Hades. Depois, silêncio, e imobilidade, e noite foram o universo.

Eu havia desfalecido; porém, apesar disso, não direi que toda a consciência estava perdida. Aquilo que dela restava, não tentarei definir ou mesmo descrever; mas nem tudo estava perdido. No mais profundo sono — não! No delírio — não! No desmaio — não! Na morte — não! Mesmo no túmulo, *nem* tudo está perdido. Além disso, não há imortalidade para o homem. Despertando do mais profundo dos sonos, rompemos a diáfana teia de *algum* sonho. No entanto, um segundo depois (tão frágil pode ter sido essa teia), não lembramos de haver sonhado. No retorno à vida, saindo do desfalecimento, há dois estágios: primeiro, o da sensação da existência mental ou espiritual; depois, o da sensação da existência física. Parece provável que, se pudéssemos recordar as impressões do primeiro estágio ao atingir o segundo, encontraríamos essas impressões eloquentes em lembranças do abismo além. E esse abismo é — o quê? Como distinguir pelo menos as suas sombras daquelas provindas do túmulo? Mas, se as impressões daquilo que denominei primeiro estágio não são, voluntariamente, relembradas, no entanto, depois de um longo intervalo, como elas se libertam, enquanto ficamos imaginando, maravilhados, de onde elas vieram? Quem nunca desfaleceu é quem nunca encontra estranhos palácios e rostos loucamente familiares em carvões que brilham; é quem nunca vislumbra flutuando no ar as tristes visões que a maioria não pode ver; é quem não medita sobre o perfume de uma nova flor; é quem tem o cérebro incapaz de extasiar-se com o significado de alguma cadência musical que nunca antes havia chamado a sua atenção.

Entre frequentes e meditativos esforços para recordar, entre fervorosas lutas para recuperar algum sinal do estado de aparente nulidade para dentro do qual minha alma viajara, houve momentos em que sonhei com o sucesso; houve breves, brevíssimos, períodos nos quais evoquei lembranças que só podiam fazer referência àquela condição de aparente inconsciência, conforme me assegura a razão lúcida de uma época posterior. Esses vislumbres de memória contam, indistintamente, de figuras altas que me suspenderam e me lançaram em silêncio para baixo — para baixo — ainda mais baixo — até que uma horrível vertigem passou a me oprimir diante da simples ideia do caráter interminável da descida. Eles também contam de um vago horror no coração, causado pela imobilidade inatural desse coração. Então surge uma sensação de súbita paralisação que permeia todas as coisas; como se aqueles que me lançaram (um séquito macabro) houvessem ultrapassado, em sua descida, os limites do ilimitado, e houvessem feito uma pausa devido à fadiga de seus esforços. Depois disso, recordo algo plano e úmido; e então tudo é loucura — a *loucura* de uma memória que se ocupa em meio a coisas proibidas.

Muito bruscamente, retornaram à minha alma movimento e som — o movimento tumultuoso do coração e, nos meus ouvidos, o som de seu palpitar. Então, uma pausa na qual tudo é vazio. Então, novamente som, e movimento, e tato — uma sensação de formigamento permeando meu ser. Então a mera consciência da existência, sem pensamento — uma condição que perdurou longo tempo. Então, muito repentinamente, *pensamento*, e trêmulo terror, e sôfrego esforço para compreender meu verdadeiro estado. Então, um forte desejo de cair na insensibilidade. Então, um restabelecimento rápido da alma e um esforço bem-sucedido para mover-me. E, depois, uma lembrança completa do julgamento, dos juízes, das cortinas sombrias, da sentença, da náusea, do desfalecimento. E então, total esquecimento de tudo aquilo que se seguiu; de tudo aquilo que algum tempo depois e muita diligência de esforços permitiram-me recordar vagamente.

Até então, eu não havia aberto os olhos. Senti que estava deitado de costas, sem amarras. Estendi a mão, e ela caiu pesadamente sobre algo úmido e duro. Ali suportei que ficasse por vários minutos, enquanto lutava para imaginar onde estaria e *o que* eu poderia ser. Desejava, mas não ousava, usar a visão. Temia o primeiro olhar sobre objetos à minha volta. Não que eu temesse ver coisas horríveis, mas estava apavorado, com medo de que *nada* houvesse para ver. Por fim, com extremo desespero no coração, rapidamente descerrei os olhos. Meus piores pensamentos foram então confirmados. A escuridão da noite eterna me envolveu. Lutei para respirar. A intensidade da escuridão parecia me oprimir e sufocar. A atmosfera era intoleravelmente densa. Permaneci deitado em silêncio e fiz um esforço para usar a razão. Recordei os procedimentos da inquisição e tentei, a partir daquele ponto, deduzir minha real condição. A sentença havia sido aprovada; e parecia-me que um intervalo de tempo muito longo havia decorrido desde então. Contudo, nem por um momento supus que estivesse de fato morto. Tal suposição, apesar do que lemos na ficção, é totalmente inconsistente com a existência real — mas onde e em que estado me encontrava eu? Os condenados à morte, eu sabia, pereciam normalmente nos autos de fé, e um destes havia sido realizado na mesma noite do meu julgamento. Será que eu havia sido devolvido à minha masmorra para esperar pelo próximo sacrifício, que ainda levaria muitos meses para ocorrer? Isso, logo vi que não poderia ser. Havia uma demanda imediata de vítimas. Além disso, minha masmorra, assim como todas as celas dos condenados à morte em Toledo, tinha chão de pedra, e a luz não era eliminada por completo.

Uma ideia tenebrosa então de repente trouxe torrentes de sangue para o meu coração e, por um breve período, voltei à insensibilidade. Ao recobrar os sentidos, imediatamente me pus de pé, cada fibra de mim tremendo convulsivamente. Joguei os braços para cima e para os lados desvairadamente em todas as direções. Nada sentia; entretanto temia dar um passo, com medo de ser impedido pelas paredes de uma *tumba*. O suor explodia de cada poro e formava grandes gotas frias sobre minha testa. A agonia do suspense por fim tornou-se intolerável, e cautelosamente dei um passo à frente, com os braços estendidos e os olhos apertados, na esperança de localizar algum raio tênue de luz. Avancei muitos passos; mas tudo ainda era escuridão e vacância. Respirei com maior liberdade. Parecia evidente que a minha sorte, pelo menos, não era de todas a mais horrenda.

E, então, enquanto eu ainda continuava a caminhar cautelosamente para a frente, invadiram minha memória milhares de rumores vagos dos horrores de Toledo. Acerca das masmorras, estranhas coisas haviam sido narradas — sempre julguei que fossem fábulas, — mas, ainda assim, estranhas e demasiado horripilantes para serem repetidas, exceto em um sussurro. Teria sido eu abandonado para morrer de fome neste mundo subterrâneo de escuridão? Ou que destino, talvez até mais aterrorizante, esperava por mim? Que o resultado seria a morte, e uma morte mais amarga que a costumeira, eu conhecia bem demais a natureza de meus algozes para duvidar. A maneira e o momento eram tudo o que me ocupava ou distraía.

Minhas mãos estendidas por fim encontraram alguma obstrução sólida. Era uma parede, aparentemente de alvenaria e pedra — muito lisa, viscosa e fria. Segui-a; pisando com toda a cuidadosa desconfiança que certas antigas narrativas haviam inspirado em mim. Esse processo, contudo, não me ofereceu qualquer meio de verificar as dimensões da masmorra, pois eu poderia completar a volta e retornar ao ponto onde iniciei sem me dar conta do fato, tão perfeitamente uniforme parecia a parede. Procurei, portanto, a faca que estava no meu bolso quando fui levado à sala inquisitorial; mas ela havia desaparecido; minhas roupas haviam sido substituídas por um roupão de sarja grosseira. Eu havia pensado em forçar a lâmina em alguma mínima fenda da alvenaria, para identificar o meu ponto de partida. A dificuldade, no entanto, era apenas trivial; contudo, na desordem da minha imaginação, isso parecia, a princípio, insuperável. Rasguei parte da barra do roupão e coloquei o fragmento no comprimento total e em ângulo reto com a parede. Tateando em volta da prisão, não poderia deixar de encontrar o trapo ao completar o circuito. Isso, pelo menos, foi o que pensei; mas não havia contado com a extensão da masmorra ou com minha própria fraqueza. O chão era úmido e escorregadio. Cambaleei para a frente por algum tempo, depois tropecei e caí. Minha fadiga excessiva me induziu a permanecer prostrado; e o sono logo me dominou enquanto eu ali jazia.

Quando acordei e estendi um braço, encontrei ao meu lado um pedaço de pão e uma jarra com água. Estava exausto demais para refletir sobre essa circunstância, mas comi e bebi com avidez. Logo depois, recomecei minha volta em torno da prisão e, com muito esforço, encontrei finalmente o fragmento da sarja. Até o momento em que caí, havia contado cinquenta e dois passos e, quando retomei a marcha, contei mais quarenta e oito quando cheguei ao trapo. Havia então, no total, cem passos; e, considerando dois passos para um metro, concluí que a masmorra tinha um circuito de cinquenta metros. Eu havia, entretanto, encontrado muitos ângulos na parede e, por isso, não conseguia formar qualquer suposição quanto à forma da câmara, pois não podia deixar de supor que fosse uma câmara.

Eu tinha poucos propósitos — e certamente nenhuma esperança — nessas buscas; mas uma vaga curiosidade me fazia continuar. Deixando de lado a parede, resolvi cruzar a área do recinto. Inicialmente, avancei com extrema cautela, pois o chão, embora aparentemente de material sólido, era traiçoeiro por conta do limo. Por fim, contudo, tomei coragem e não hesitei em pisar com firmeza — tentando cruzar numa linha tão direta quanto possível. Havia avançado uns dez ou doze passos dessa maneira quando o restante da barra rasgada do roupão enroscou-se nas minhas pernas. Pisei nele e caí, batendo o rosto violentamente.

Na confusão que acompanhou minha queda, não percebi imediatamente uma circunstância um tanto bizarra, que, no entanto, uns poucos segundos depois, enquanto eu ainda jazia prostrado, chamou minha atenção. Foi isto: meu queixo estava apoiado no chão da prisão, mas meus lábios e a parte superior de minha cabeça, embora aparentemente numa elevação menor que o queixo, nada tocavam. Ao mesmo tempo, minha testa parecia banhada em um vapor pegajoso, e o odor peculiar de fungos em decomposição chegou-me às narinas. Coloquei o braço para a frente e estremeci ao verificar que havia caído bem na beirada de um poço circular, cuja dimensão, é evidente, eu não tinha como descobrir no momento. Apalpando a alvenaria logo abaixo da margem, consegui retirar um pequeno fragmento e deixei-o cair no abismo. Por vários segundos, ouvi suas reverberações enquanto ele batia contra os lados da fenda profunda em sua descida; finalmente, houve um sombrio mergulho na água, seguido de fortes ecos. No mesmo momento, produziu-se um som que parecia o abrir rápido e o fechar igualmente rápido de uma porta acima da minha cabeça, enquanto um leve brilho de luz cortou repentinamente a escuridão e, assim repentinamente, desapareceu.

Vi claramente a desgraça que havia sido preparada para mim e me congratulei pelo oportuno acidente que me havia feito escapar. Mais um passo antes da queda, e o mundo não mais me veria. E a morte há pouco evitada era daquela mesma natureza que eu havia considerado fabulosa e frívola nas histórias relativas à Inquisição. Às vítimas de sua tirania, havia a escolha entre a morte com as piores agonias físicas ou a morte com seus horrores morais mais hediondos. Coubera-me a segunda alternativa. Pelo longo sofrimento, meus nervos haviam sido sobrecarregados até que eu estremecesse ao som de minha própria voz e haviam se tornado, em todos os aspectos, um objeto adequado para a espécie de tortura que me aguardava.

Tremendo da cabeça aos pés, tateei de volta à parede — resolvido a perecer ali ao invés de arriscar os terrores dos poços, dos quais a minha imaginação então vislumbrou diversos, em várias posições, espalhados pela masmorra. Em outras condições mentais, talvez eu tivesse tido a coragem de pôr fim à minha miséria de uma vez, mergulhando em um desses abismos; mas, naquele momento, eu era o mais covarde dos covardes. Tampouco podia esquecer o que havia lido sobre esses poços — que a *repentina* extinção da vida não fazia parte do mais horrível de seus planos.

A agitação de espírito me manteve acordado por muitas longas horas, mas, finalmente, adormeci de novo. Quando acordei, encontrei ao lado, como antes, um pedaço de pão e uma jarra de água. Uma sede escorchante me consumia, e esvaziei a jarra de um só gole. Ela devia conter drogas — pois, mal eu havia bebido, comecei a ficar irresistivelmente sonolento. Um sono profundo caiu sobre mim — um sono semelhante ao da morte. Quanto durou, é claro, eu não sei; mas, quando, uma vez mais, entreabri os olhos, os objetos à minha volta estavam visíveis. Graças a um brilho estranho e sulfuroso, cuja origem não consegui de pronto determinar, fui capaz de ver a dimensão e o aspecto da prisão.

Quanto ao tamanho, eu errara grandemente. O circuito todo das paredes não chegava a vinte e três metros. Por alguns minutos, esse fato provocou em mim um mundo de vã agitação; vã, com certeza — pois o que poderia ter menos importância, diante das terríveis circunstâncias que me rodeavam, do que as meras dimensões de minha masmorra? Mas minha alma sentia um vívido interesse em insignificâncias, e ocupei-me com tentativas para explicar o erro que havia cometido em minha mensuração. A verdade por fim brotou em mim. Na primeira tentativa de exploração, contara cinquenta e dois passos, até o momento em que caí: eu devia então estar a um passo ou dois do fragmento de sarja; na realidade, eu quase havia completado o circuito da câmara. Então adormeci — e, ao acordar, devo ter retornado — supondo assim que o circuito era quase o dobro do que realmente era. Minha confusão mental me impediu de observar que eu havia iniciado a volta com a parede à minha esquerda e terminado com a parede à direita.

Também havia me enganado com respeito à forma da prisão. Ao tatear pelo caminho, eu havia encontrado muitos ângulos e, assim, deduzira uma ideia de grande irregularidade; quão potente é o efeito da escuridão total sobre alguém que acorda da letargia ou do sono! Os ângulos eram apenas aqueles de umas poucas leves reentrâncias ou nichos, em intervalos irregulares. A forma geral da prisão era quadrada. O que eu havia imaginado ser alvenaria parecia agora ser ferro ou algum outro metal, em enormes placas, cujas suturas ou juntas criavam a reentrância. Toda a superfície dessa clausura metálica era grosseiramente pintada com todos os motivos horríveis e repulsivos que a superstição sepulcral dos monges pudera criar. As figuras de demônios em poses ameaçadoras, com formas esqueléticas e outras imagens mais amedrontadoras de fato, cobriam e desfiguravam as paredes. Observei que os contornos dessas monstruosidades eram suficientemente nítidos, mas as cores pareciam desbotadas e borradas, como se sofressem os efeitos de uma atmosfera úmida. Prestei atenção ao chão também, que era de pedra. No centro escancarava-se o poço circular de cujas mandíbulas eu havia escapado; mas era o único na masmorra.

Tudo isso vi de forma indistinta e com muito esforço — pois minha condição pessoal havia se modificado grandemente durante o sono. Estava agora deitado de costas, estendido por completo, sobre uma espécie de estrutura baixa em madeira. A ela eu estava preso firmemente por uma longa correia semelhante a uma sobrecincha. Ela passava com muitas voltas sobre meus membros e meu tronco, deixando em liberdade apenas minha cabeça e parte do braço esquerdo, de modo que eu podia, com muito esforço, servir-me da comida que havia em um prato de barro que estava ao meu lado no chão. Notei, com horror, que a jarra havia sido retirada. Digo com horror — pois estava consumido por uma sede intolerável. Estimular essa sede parecia ser o desígnio de meus algozes — pois a comida no prato era carne fortemente temperada.

Olhando para cima, observei o teto de minha prisão. Estava a cerca de dez ou doze metros de altura e era construído como as paredes laterais. Em um dos painéis, uma figura muito singular absorveu toda a minha atenção. Era a figura pintada do Tempo, da forma que é comumente representado, exceto que, no lugar da foice, ele segurava o que, ao olhar casual, supus ser a imagem pintada de um pêndulo enorme, como vemos em relógios antigos. Havia alguma coisa, entretanto, na aparência desse mecanismo que me fez observá-lo mais atentamente. Enquanto olhava diretamente para cima (pois sua posição era imediatamente acima da minha), imaginei vê-lo em movimento. Um instante depois, a impressão foi confirmada. Seu movimento era breve e, claro, lento. Olhei por alguns minutos com certo medo, mas, principalmente, com admiração. Cansado, enfim, de observar o movimento monótono, voltei os olhos para os outros objetos na cela.

Um leve ruído atraiu minha atenção, e, olhando para o chão, vi vários ratos enormes cruzando por ali. Haviam saído do poço que ficava dentro do meu campo de visão, à direita. Mesmo então, enquanto eu olhava, eles chegavam aos bandos, apressadamente, com olhos vorazes, atraídos pelo odor da carne. Muito esforço e atenção eram necessários para afugentá-los.

Pode ter sido meia hora, talvez até mesmo uma hora (pois só conseguia ter uma noção imperfeita do tempo), antes que eu voltasse meu olhar novamente para cima. O que vi então me deixou confuso e perplexo. A amplitude do pêndulo havia aumentado quase um metro em extensão. Como consequência natural, a velocidade também era muito maior. Mas o que realmente me perturbou foi a ideia de que havia perceptivelmente *descido*. Observei então — com aquele horror que é desnecessário mencionar — que a extremidade inferior era formada por um crescente de aço brilhante, com quase trinta centímetros de comprimento, de ponta a ponta; as pontas voltadas para cima e o fio evidentemente tão afiado quanto o de uma navalha. Como uma navalha também, ele parecia maciço e pesado, afinando-se a partir da extremidade em uma estrutura sólida e ampla acima. Era preso a uma pesada vara de bronze, e o conjunto *sibilava* ao cruzar o ar.

Não podia mais duvidar da condenação que me fora preparada pela engenhosidade monacal para a tortura. Meu conhecimento do poço havia chegado aos agentes da inquisição — *o poço*, cujos horrores haviam sido destinados a um herege tão audaz como eu — *o poço*, típico do inferno e considerado, segundo os rumores, como a Ultima Thule[1] de todos os seus castigos. O mergulho para

---

[1] Na geografia medieval, qualquer lugar distante, desconhecido ou misterioso, localizado além das bordas do mundo conhecido.

dentro desse poço, eu o havia evitado pelo mais simples dos acidentes e sabia que a surpresa, ou o aprisionamento dentro da dor, formava uma parcela importante de todo o grotesco dessas mortes em masmorra. Como eu tinha evitado a queda, não era parte do plano do demônio me atirar no abismo, e, portanto (não havendo alternativa), uma destruição diferente e mais branda aguardava por mim. Mais branda! Quase sorri em minha agonia ao pensar nesse uso de tal termo.

De que vale narrar as longas, longas horas de horror mais que mortais, durante as quais eu contava as oscilações rápidas do aço! Centímetro por centímetro — linha por linha — com uma descida apenas apreciável em intervalos que pareciam décadas — descendo e descendo mais ainda, vinha chegando a lâmina! Dias se passaram — pode ser que muitos dias tenham se passado — até que ela deslizou tão perto de mim que chegou a bafejar-me com seu hálito acre. O odor do aço afiado enfiou-se à força nas minhas narinas. Rezei — cansei os Céus com minhas preces, pedindo uma descida mais rápida. Fiquei freneticamente louco e lutei para forçar meu corpo para cima contra o gume da terrível cimitarra. E, depois, acalmei-me subitamente e permaneci deitado, sorrindo diante da reluzente morte, como uma criança diante de alguma bugiganga rara.

Houve outro intervalo de completa insensibilidade; foi breve; pois, quando voltei de novo à vida, não havia ocorrido uma descida perceptível do pêndulo. Mas pode ter sido longo, pois eu sabia que havia demônios que tomavam nota dos meus desmaios e poderiam ter interrompido essa vibração a bel-prazer. Quando recobrei os sentidos, também me senti muito — oh! indizivelmente — fraco e doente, como se submetido à longa inanição. Mesmo em meio às agonias daquele período, a natureza humana ansiava por comida. Com esforço doloroso, estendi o braço esquerdo até onde permitiam as amarras e tomei posse do pequeno resto que havia sido deixado pelos ratos. Quando coloquei um pedaço nos lábios, invadiu minha mente um pensamento malformado de alegria — de esperança. Mas o que tinha *eu* a ver com esperança? Era, como disse, um pensamento malformado — o homem tem muitos assim, que jamais são concluídos. Senti que era de alegria — de esperança; mas também senti que ele havia perecido em sua formação. Em vão, tentei aperfeiçoá-lo — recuperá-lo. O longo sofrimento havia quase aniquilado todos os meus poderes mentais comuns. Eu era um imbecil — um idiota.

A vibração do pêndulo ocorria em ângulos retos em relação ao meu comprimento. Vi que o crescente havia sido projetado para cruzar a região do coração. Ele esgarçaria a sarja do roupão — voltaria e repetiria a operação — e outra vez — e outra vez mais. Apesar da oscilação terrivelmente ampla (uns dez metros ou mais) e do vigor sibilante da descida, suficiente para rachar até mesmo essas paredes de ferro, o esgarçamento do roupão seria tudo o que, durante vários minutos, ele conseguiria realizar. E, com esse pensamento, fiz uma pausa. Não ousava ir além dessa reflexão. Demorei-me nela com uma pertinácia de atenção — como se, fazendo isso, eu pudesse interromper *aqui* a descida do aço. Forcei-me a pensar no som do crescente passando sobre a minha vestimenta — na peculiar e excitante sensação que a fricção do tecido produz nos nervos. Ponderei sobre toda essa frivolidade até que comecei a trincar os dentes.

Ele vinha descendo — vinha descendo furtiva e regularmente. Encontrei um prazer insano em comparar sua velocidade descendente com a velocidade lateral. Para a direita — para a esquerda — longe e amplo — com o grito de um espírito amaldiçoado! Sobre o meu coração, com o passo furtivo de um tigre! Eu ria e gritava alternadamente, conforme a primeira ou a segunda ideia predominasse.

Ele vinha descendo — certa e inexoravelmente descendo! Vibrava a menos de oito centímetros do meu peito! Lutei violentamente — furiosamente — para soltar o braço esquerdo. Ele estava livre apenas do cotovelo até a mão. Eu podia trazê-la, da bandeja ao meu lado até a boca, com grande esforço, mas não além. Se tivesse conseguido romper as amarras acima do cotovelo, teria agarrado e tentado fazer o pêndulo parar. Seria o mesmo que tentar interromper uma avalanche!

Ele vinha descendo — ainda incessantemente — ainda inevitavelmente descendo! Eu palpitava e lutava a cada vibração. Retraía-me convulsivamente a cada movimento. Meus olhos seguiam as oscilações à esquerda e à direita com a ânsia do desespero mais desvairado; eles se cerravam, com espasmos, diante da descida, embora a morte tivesse sido um alívio, ó, tão indizível! No entanto, cada nervo se retorcia ao pensar que um levíssimo movimento descente do maquinário precipitaria aquela lâmina afiada, reluzente, sobre o meu peito. Era a *esperança* que fazia os nervos tremerem — a estrutura contrair-se. Era a *esperança* — a esperança que triunfa na tempestade — que sussurra aos condenados à morte mesmo dentro das masmorras da Inquisição.

Notei que umas dez ou doze vibrações fariam o aço entrar em contato direto com meu roupão — e, com essa observação, de repente, meu espírito foi invadido por toda a calma aguda e contida do desespero. Pela primeira vez em muitas horas — ou talvez dias — *pensei*. Ocorreu-me então que a bandagem, ou a sobrecincha, que me envolvia era *única*. Nenhuma corda separada me amarrava. O primeiro golpe do crescente afiado na transversal sobre qualquer parte da amarra faria com que ela se soltasse e pudesse ser afastada de meu corpo com a mão esquerda. Mas quão pavorosa, nesse caso, a proximidade do aço! O resultado da mais tênue tentativa, quão mortal! Além disso, seria provável que os agentes do torturador não houvessem antecipado e previsto essa possibilidade? Seria provável que a bandagem cruzasse o meu peito na trajetória do pêndulo? Temendo descobrir que minha fraca e, aparentemente, derradeira esperança era frustrada, consegui erguer a cabeça para obter uma visão clara do meu peito. A sobrecincha envelopava meus membros e meu corpo em todas as direções — *exceto na trajetória do crescente destruidor*.

Eu mal havia deitado a cabeça na posição original, quando reluziu na minha mente aquilo que só posso descrever como a metade malformada daquela ideia de libertação a que aludi anteriormente, e da qual uma porção apenas flutuava indefinidamente pelo meu cérebro, quando levei alimento até meus lábios ardentes. O pensamento todo era agora presente — débil, pouco lúcido, pouco definido — mas, ainda assim, completo. Comecei, de imediato, com a energia nervosa do desespero, a tentar pô-lo em prática.

Por muitas horas, as imediações mais próximas da estrutura baixa sobre as quais eu estava deitado haviam literalmente sido invadidas por ratos. Eles eram selvagens, ousados, vorazes — os olhos vermelhos brilhando sobre mim como se esperassem apenas a imobilidade da minha parte para me fazer presa deles. "A que tipo de comida", pensei eu, "estavam eles acostumados no poço?"

Eles haviam devorado, apesar de todos os meus esforços para impedi-los, tudo exceto uma pequena porção do conteúdo do prato. Eu havia me habituado a fazer com a mão um movimento de vaivém sobre o prato; e, por fim, a uniformidade inconsciente do movimento tirou-lhe o efeito. Em sua voracidade, as pragas com frequência enfiavam suas presas afiadas em meus dedos. Com as partículas da carne oleosa e pungente que agora restavam, eu esfreguei por toda a bandagem onde podia alcançar; então, erguendo a mão do chão, permaneci imóvel sem respirar.

De início, os animais vorazes ficaram assustados e aterrados com a mudança — a interrupção do movimento. Recuaram alarmados; muitos procuraram o poço. Mas isso foi apenas por um momento. Eu não havia contado em vão com sua voracidade. Observando que eu permanecia imóvel, um ou dois dos mais ousados pularam sobre a estrutura e farejaram a sobrecincha. Esse pareceu o sinal para uma grande correria. Saindo do poço, eles avançavam em novos bandos. Agarravam-se à madeira — corriam por sobre ela e pulavam em centenas sobre a minha pessoa. O movimento cadenciado do pêndulo não os perturbava em nada. Evitando os golpes, eles se ocupavam com as bandagens untadas. Faziam pressão — amontoavam-se sobre mim em pilhas cada vez maiores. Contorciam-se sobre minha garganta; seus lábios gélidos procuravam os meus; eu estava quase imobilizado por sua pressão múltipla; uma repugnância, para a qual o mundo não tem nome, avolumou-se em meu peito e enregelou, com uma viscosidade pesada, o meu coração. E, no entanto, mais um minuto, e eu sentia que a luta teria fim. Eu percebia nitidamente o afrouxamento das bandagens. Sabia que em mais de um lugar elas já deviam estar esgarçadas. Com uma resolução sobre-humana permaneci *imóvel*.

 Tampouco havia errado nos cálculos — também não havia suportado em vão. Finalmente, senti que estava *livre*. A sobrecincha pendia em faixas do meu corpo. Mas o movimento do pêndulo já fazia pressão sobre meu peito. Havia rasgado a sarja do roupão. Havia esgarçado a roupa de baixo. Duas vezes mais ele balançou, e uma sensação aguda de dor atingiu cada nervo meu. Mas o momento da fuga havia chegado. Com um movimento de minha mão, meus torturadores fugiram atabalhoadamente. Com um movimento firme — cauteloso, lateral, contraído e lento — escorreguei para fora das amarras e além do alcance da cimitarra. Por um momento, pelo menos, *eu estava livre*.

Livre! — E nas garras da Inquisição! Eu mal havia deixado minha cama de madeira feita de horror e pisado no chão de pedra da prisão, quando o movimento da máquina diabólica parou, e vi que ela estava sendo recolhida, por alguma força invisível, para dentro do teto. Essa foi uma lição que ficou desesperadamente gravada em mim. Cada movimento que eu fazia era, sem dúvida, observado. Livre! — Escapara por um triz da morte em uma forma de agonia, para ser entregue a algo pior que a morte em outra forma. Com esse pensamento, voltei os olhos nervosamente ao redor das barreiras de ferro que me aprisionavam. Alguma coisa diferente — alguma mudança que, a princípio, eu não conseguia perceber de forma distinta — era óbvio, havia ocorrido no aposento. Durante muitos minutos de abstração trêmula e devaneante, ocupei-me em conjeturas vãs e desconexas. Durante esse período, notei, pela primeira vez, a fonte da luz sulfurosa que iluminava a cela. Vinha de uma fissura, com cerca de um centímetro de largura, que circundava inteiramente a prisão na base das paredes, que assim pareciam, e eram, completamente separadas do chão. Tentei, mas evidentemente em vão, olhar através da abertura.

Quando me ergui, depois da tentativa, o mistério da modificação no aposento desvendou-se de chofre em minha compreensão. Observei que, embora os contornos das figuras sobre as paredes fossem suficientemente nítidos, as cores, no entanto, pareciam borradas e indefinidas. Essas cores agora assumiam, e estavam a todo momento assumindo, um brilho surpreendente e muito intenso que dava às figuras espectrais e diabólicas um aspecto que poderia estupefazer até mesmo nervos mais firmes que os meus. Olhos demoníacos, de uma vivacidade selvagem e horripilante, fixavam-se em mim, vindos de mil direções, onde nada havia sido visível antes, e brilhavam com o lustro lúrido de um fogo que eu não conseguia forçar minha imaginação a considerar irreal.

*Irreal!* — Mesmo enquanto eu respirava, chegava às minhas narinas o hálito do vapor de ferro quente! Um odor sufocante dominava a prisão! Um brilho mais profundo se instalava a cada momento nos olhos que fitavam minhas agonias! Um tom mais vivo de carmim difundia-se sobre os horrores de sangue retratados. Eu arfava! Lutava para respirar! Não havia dúvida quanto ao desígnio de meus torturadores — ó! tão implacáveis! ó! homens tão demoníacos! Encolhi-me, afastando-me do metal ardente, para o centro da cela. Em meio aos pensamentos da destruição abrasadora que era iminente, a ideia do frescor do poço invadiu minha alma como um bálsamo. Corri para a borda mortal. Forcei os olhos para ver o fundo. O brilho do teto incandescente iluminava as reentrâncias mais secretas. Contudo, por um momento louco, meu espírito recusou-se a compreender o sentido daquilo que eu via. Por fim, ele forçou — ele lutou para abrir caminho até minha alma — ele marcou a fogo minha razão trêmula. Ó! uma voz para falar! ó! horror! — ó! qualquer horror menos este! Com um grito, afastei-me rapidamente da margem e escondi o rosto entre as mãos — soluçando com amargura.

O calor rapidamente aumentou e, mais uma vez, olhei para cima, tremendo como num acesso de calafrios. Havia ocorrido uma segunda mudança na cela — e, dessa vez, a mudança era obviamente na *forma*. Como antes, foi em vão que eu tentei primeiramente avaliar ou compreender o que estava ocorrendo. Mas não fiquei em dúvida por muito tempo. A vingança inquisitorial havia sido apressada pela minha dupla escapada e não deveria mais haver zombarias com o Rei dos Terrores. O aposento havia sido quadrado. Notei que dois de seus ângulos de ferro eram agora agudos — dois, consequentemente, obtusos. A terrível diferença rapidamente aumentou com um som surdo de tambor ou de gemidos. Em um instante, o cômodo havia mudado a forma para um losango. Mas a mudança não parava aí — nem desejava ou esperava eu que parasse. Eu poderia ter comprimido meu peito contra as paredes vermelhas como uma veste de eterna paz. "Morte", disse eu, "qualquer morte que não seja a do poço!" Tolo! Será que eu não sabia que me forçar *para dentro do poço* era o objetivo do ferro em brasa? Conseguiria eu resistir ao seu brilho? Ou, ainda que conseguisse, suportaria eu a pressão? E, nesse momento, o losango começou a ficar cada vez mais plano, com uma rapidez que não me deixou tempo para contemplação. O centro e, evidentemente, a maior largura, chegavam quase até a bocarra do precipício. Recuei — mas as paredes que se aproximavam me empurravam sem resistência para a frente. Finalmente, restavam apenas poucos centímetros de apoio para o meu corpo crestado e retorcido no solo firme da prisão. Cessei de lutar, mas a agonia de minha alma encontrou voz em um grito longo, lancinante e final de desespero. Senti que cambaleava sobre a beirada — desviei os olhos.

Houve um murmúrio dissonante de vozes humanas! Houve um grande estrondo como o de muitas trombetas! Houve o ranger rouco como o de mil trovões! As paredes em brasa recuaram! Um braço estendido agarrou o meu quando caí, desmaiado, para dentro do abismo. Era o do General Lasalle. O exército francês havia entrado em Toledo. A Inquisição estava nas mãos de seus inimigos.

# O ENTERRO PREMATURO

Há certos temas que absorvem completamente o interesse, mas que são por demais horríveis para os propósitos da verdadeira ficção. Esses, o mero romancista deve evitá-los, se não quiser ofender ou desagradar. São tratados com decoro apenas quando a seriedade e a nobreza da verdade os consagram e sustentam. Vibramos, por exemplo, com a mais intensa das "dores prazerosas", ante os relatos da Passagem de Berezina, do Terremoto de Lisboa, da Peste de Londres, do Massacre de São Bartolomeu ou da asfixia de cento e vinte três prisioneiros no Buraco Negro, em Calcutá. Mas, nesses relatos, é o fato — é a realidade — é a história que excita. Como invenções, devemos considerá-los com simples aversão.

Mencionei apenas algumas das mais proeminentes e augustas calamidades registradas; mas nelas é a extensão, tanto quanto o caráter da calamidade, que impressiona de forma tão viva a imaginação. Não preciso lembrar ao leitor que, no longo e estranho catálogo de misérias humanas, eu poderia ter escolhido muitos exemplos individuais mais repletos de sofrimento essencial do que qualquer uma dessas vastas generalidades do desastre. A verdadeira desgraça, na verdade, — o extremo infortúnio — é particular, não difusa. Que os horrendos extremos da agonia sejam suportados pelo homem unidade, e nunca pelo homem massa — por isso devemos agradecer a um misericordioso Deus!

Ser enterrado vivo é, acima de qualquer dúvida, o mais terrível desses extremos que já aconteceram ao destino da mera mortalidade. Que isso frequentemente, muito frequentemente, tenha acontecido será pouco negado por aqueles que pensam. Os limites que dividem a Vida e a Morte são, na melhor das hipóteses, obscuros e vagos. Quem pode dizer onde uma termina e onde a outra começa? Sabemos que existem doenças nas quais ocorrem interrupções completas de todas as funções vitais aparentes e nas quais, entretanto, essas interrupções são meras suspensões, propriamente ditas. São apenas pausas temporárias no incompreensível mecanismo. Certo período transcorre e algum princípio misterioso e invisível novamente coloca em movimento as mágicas arruelas e as maravilhosas rodas. A corda de prata não foi para sempre afrouxada, nem o vaso de ouro irreparavelmente quebrado. Mas, nesse entremeio, onde estava a alma?

Deixando de lado, contudo, a inevitável conclusão, *a priori*, de que determinadas causas devem produzir determinados efeitos, — de que a bem conhecida ocorrência desses casos de animação suspensa deve naturalmente ocasionar, de tempos em tempos, enterros prematuros, — deixando de lado essa consideração, temos o testemunho direto da experiência médica e da experiência comum para provar que um grande número desses enterros de fato ocorreu. Posso mencionar de imediato, se necessário, uma centena de casos bem comprovados. Um de natureza muito notável, e cujas circunstâncias ainda podem estar frescas na memória de alguns leitores, ocorreu, não muito tempo atrás, na vizinha cidade de Baltimore, onde provocou uma agitação dolorosa, intensa e muito propagada. A esposa de um dos cidadãos mais respeitáveis — um proeminente advogado e membro do Congresso — foi tomada por uma doença repentina e desconhecida, que desnorteou completamente a capacidade de seus médicos. Depois de muito sofrimento, ela faleceu ou pareceu ter falecido. Ninguém suspeitou, de fato, ou teve motivos para suspeitar, que não estivesse realmente morta. Ela apresentava todos os indícios comuns da morte. O rosto adquiriu o usual contorno contraído e emaciado. Os lábios tinham a usual palidez marmórea. Os olhos eram sem brilho. Não havia calor. A pulsação havia cessado. Durante três dias, o corpo foi mantido insepulto, durante os quais adquiriu uma rigidez pétrea. O funeral, em resumo, foi acelerado, em virtude do rápido avanço daquilo que era supostamente a decomposição.

A dama foi colocada no mausoléu da família que, nos três anos subsequentes, permaneceu intocado. Ao final desse período, ele foi aberto para receber um sarcófago; mas — ó céus! — que terrível choque aguardava o marido, que em pessoa abriu a porta! Quando os portais se abriram para fora, um objeto vestido de branco caiu ruidosamente em seus braços. Era o esqueleto da esposa, em sua ainda disforme mortalha.

Uma investigação cuidadosa tornou evidente que ela havia revivido dois dias após o enterro; que sua luta dentro do caixão havia provocado a queda de uma saliência ou uma prateleira ao chão, onde ele se quebrou, de modo a permitir que ela escapasse. Uma lamparina que havia sido deixada ali acidentalmente, cheia de óleo, dentro da tumba, foi encontrada vazia; ele pode ter-se esgotado, contudo, pela evaporação. No mais alto dos degraus que levavam até a horrível câmara, havia um grande fragmento do caixão, com o qual aparentemente ela havia tentado chamar a atenção batendo na porta de ferro. Enquanto fazia isso, provavelmente desmaiou ou possivelmente morreu, de puro terror; e, quando ela caiu, a mortalha ficou presa em algum recorte do ferro que se projetava para dentro. Assim permaneceu ela, e assim apodreceu, ereta.

No ano de 1810, um caso de sepultamento vivo aconteceu na França, cercado por circunstâncias que ajudam muito a corroborar a afirmativa de que a verdade é mesmo mais estranha que a ficção. A heroína da história era *Mademoiselle* Victorine Lafourcade, jovem de família ilustre, moça rica e de grande beleza física. Entre seus diversos pretendentes estava Julien Bossuet, um pobre *litterateur*, ou jornalista, de Paris. Seus talentos e sua amabilidade geral haviam atraído a atenção da herdeira, por quem ele aparentemente estava apaixonado de verdade; mas o orgulho que ela sentia por sua linhagem levou-a finalmente a rejeitá-lo e a casar-se com um certo *Monsieur* Renelle, banqueiro e diplomata de algum prestígio. Após o casamento, entretanto, esse cavalheiro passou a negligenciar e, talvez, mais acertadamente, a maltratar a esposa. Depois de passar com ele alguns anos lamentáveis, ela faleceu — pelo menos sua condição assemelhou-se tanto à morte a ponto de enganar todos os que a viram. Ela foi enterrada — não em um mausoléu, mas em uma sepultura comum no vilarejo onde havia nascido. Tomado pelo desespero e ainda insuflado pela lembrança de uma profunda afeição, o pretendente viaja da capital até a remota província onde se localiza o vilarejo, com o romântico propósito de desenterrar o cadáver e apoderar-se de suas tranças luxuriantes. Ele chega à sepultura. À meia-noite, desenterra o caixão, abre-o e põe-se a retirar o cabelo, quando é interrompido pelo descerramento dos olhos amados. Na verdade, a dama havia sido enterrada viva. A vitalidade não havia desaparecido completamente, e ela foi reanimada, pelos carinhos do amante, da letargia que havia sido confundida com a morte. Ele a carregou freneticamente para o seu alojamento no vilarejo. Utilizou alguns poderosos revigorantes sugeridos por seu considerável conhecimento de medicina. Em suma, ela reviveu. Reconheceu o seu salvador. Permaneceu junto dele até que, aos poucos, recuperou completamente a saúde original. Seu coração feminino não era inflexível, e essa última lição de amor foi suficiente para abrandá-lo. Ela o entregou a Bossuet. Não voltou para o marido, mas, escondendo dele sua ressurreição, fugiu com o amante para a América. Vinte anos depois, os dois regressaram à França, persuadidos de que o tempo havia modificado de tal forma a aparência da dama que seus amigos não seriam capazes de reconhecê-la.

Contudo, estavam enganados; no primeiro encontro, *Monsieur* Renelle de fato reconheceu a esposa e exigiu tê-la de volta. A essa exigência ela resistiu, e um tribunal da lei apoiou-a nessa resistência, decidindo que as circunstâncias peculiares, juntamente com os longos anos decorridos, haviam extinguido, não apenas do ponto de vista equitativo, mas legal, a autoridade do marido.

O *Jornal Cirúrgico* de Leipzig, um periódico de grande autoridade e mérito, que alguns livreiros americanos fariam bem em traduzir e reeditar, relata, em um número antigo, um evento muito infeliz do tipo em questão.

Um oficial da artilharia, homem de estatura gigantesca e saúde robusta, ao ser atirado de cima de um cavalo indômito, sofreu uma séria pancada na cabeça, que o deixou imediatamente inconsciente; o crânio estava levemente fraturado, mas nenhum perigo imediato foi detectado. A trepanação foi bem-sucedida. Ele foi sangrado, e muitos outros meios comuns de alívio foram adotados. Gradualmente, entretanto, ele entrou num estado de estupor cada vez mais desalentador e, finalmente, pensou-se que havia morrido.

O tempo estava quente, e ele foi enterrado com pressa indecente em um dos cemitérios públicos. O funeral foi numa quinta-feira. No domingo seguinte, a área do cemitério, como sempre, estava povoada de visitantes e, por volta do meio-dia, criou-se uma grande agitação com a declaração de um camponês de que, enquanto estava sentado sobre a sepultura do oficial, havia sentido nitidamente um movimento da terra, como se ocasionado por alguém lutando mais embaixo. A princípio, ninguém prestou muita atenção à declaração do homem; mas seu evidente terror e a ferrenha obstinação com que persistia na história finalmente tiveram o seu natural efeito sobre a multidão. Pás foram rapidamente obtidas, e a sepultura, que era vergonhosamente rasa, foi em poucos minutos aberta de tal forma que a cabeça de seu ocupante apareceu. Ele estava então aparentemente morto; mas estava sentado praticamente ereto dentro do caixão, cuja tampa, em sua luta furiosa, havia parcialmente erguido.

Ele foi imediatamente levado ao hospital mais próximo, e ali verificaram que ainda estava vivo, embora em condição de asfixia. Após algumas horas, ele reviveu, reconheceu pessoas de seu conhecimento e, em sentenças entrecortadas, falou de suas agonias no túmulo.

Do seu relato, ficou claro que ele deve ter tido consciência de estar vivo por mais de uma hora, enquanto sepultado, antes de ficar inconsciente. A sepultura havia sido preenchida, de forma descuidada e frouxa, com terra excessivamente porosa; e assim, um pouco de ar passava necessariamente. Ele ouviu os passos da multidão acima e tentou fazer-se ouvir. Foi o tumulto dentro da área do cemitério, disse ele, que aparentemente o acordou de um sono profundo, mas, assim que despertou, teve plena consciência do lastimável horror de sua posição.

Esse paciente, segundo os registros, estava indo bem e parecia estar a caminho da total recuperação, mas foi vítima da charlatanice de uma experiência médica. Aplicaram-lhe a bateria galvânica, e ele repentinamente expirou em um desses paroxismos extáticos que ela, ocasionalmente, provoca.

A menção da bateria galvânica, entretanto, traz à memória um caso bem conhecido e muito extraordinário, no qual sua ação provou ser o meio de restaurar a vida de um jovem advogado de Londres, que havia sido enterrado dois dias antes. Isso ocorreu em 1831 e criou, na época, profunda comoção onde quer que se tornasse o tópico da conversação.

O paciente, Mr. Edward Stapleton, havia morrido, aparentemente, de febre tifoide, apresentando alguns sintomas anômalos que haviam despertado a curiosidade dos médicos. Por ocasião de sua morte aparente, seus amigos foram solicitados a autorizar um exame *post-mortem*, mas declinaram a autorização. Como acontece com frequência quando se fazem recusas como essa, os médicos resolveram desenterrar o corpo e dissecá-lo a bel-prazer, em particular. As providências foram facilmente tomadas com a ajuda de alguns dos inúmeros grupos de sequestradores de corpos que abundam em Londres; e, durante a terceira noite após o funeral, o suposto cadáver foi desenterrado de uma sepultura com dois metros e meio de profundidade e depositado na sala de cirurgia de um dos hospitais particulares.

Uma incisão de considerável extensão já havia sido feita no abdômen, quando a fresca e intacta aparência do paciente sugeriu a aplicação da bateria. Um experimento sucedeu ao outro, e os efeitos costumeiros se apresentaram, mas nada os caracterizava de qualquer forma, exceto, em uma ou duas ocasiões, um grau maior que o habitual de semelhança com a vida durante a ação convulsiva.

Ficou tarde. O dia estava prestes a amanhecer e acharam conveniente, por fim, começar logo a dissecção. Um aluno, entretanto, estava particularmente ansioso para testar uma teoria dele próprio e insistiu em aplicar a bateria em um dos músculos peitorais. Um corte irregular foi feito, e um fio foi rapidamente colocado em contato; quando o paciente, com um movimento rápido, mas muito pouco convulsivo, levantou-se da mesa, caminhou até o meio da sala, olhou ao redor com dificuldade por alguns segundos e então — falou. O que ele disse foi ininteligível; mas palavras foram enunciadas; a divisão silábica foi nítida. Após falar, caiu pesadamente ao chão.

Por alguns momentos, todos ficaram paralisados de medo — mas a urgência do caso logo lhes devolveu a presença de espírito. Verificaram que Mr. Stapleton estava vivo, mas desfalecido. Com o uso de éter, ele reviveu e recobrou rapidamente a saúde, voltando à companhia dos amigos — dos quais, porém, todos os detalhes da ressurreição foram ocultados, até que não houvesse mais o temor de uma recaída. A estupefação deles — o seu espanto extasiado — pode bem ser imaginada.

A mais emocionante peculiaridade desse incidente, no entanto, está relacionada àquilo que o próprio Mr. S. afirma. Ele declara que em momento algum esteve completamente inconsciente — que, vaga e confusamente, teve consciência de tudo o que lhe aconteceu, desde o momento em que foi declarado *morto* pelos médicos até quando caiu desfalecido no chão do hospital. "Estou vivo" foram a palavras incompreensíveis que, ao reconhecer o local da sala de dissecção, ele, no seu limite, havia tentado pronunciar.

Seria tarefa fácil multiplicar histórias como essas — mas me contenho — pois, na verdade, não precisamos delas para estabelecer o fato de que enterros prematuros ocorrem, sim. Quando pensamos quão raramente, a julgar pela natureza do caso, temos o poder de detectá-los, devemos admitir que eles podem ocorrer *frequentemente* sem que os percebamos. A bem da verdade, quando um cemitério é invadido, por qualquer motivo, em grande extensão, é raro que alguns esqueletos não sejam encontrados em posições sugestivas da mais aterrorizante entre as suspeitas.

Aterrorizante, sim, a suspeita — porém mais aterrorizante a sina! Podemos afirmar, sem hesitação, que *nenhum* evento é mais terrivelmente afeito a inspirar a supremacia do sofrimento físico e mental do que o enterro antes da morte. A insustentável opressão dos pulmões — os sufocantes vapores da terra úmida — a aderência das vestes mortuárias — o abraço rígido da estreita morada — a negritude da Noite absoluta — o silêncio como um mar que domina — a presença invisível mas palpável do Verme Conquistador — essas coisas, juntamente com as lembranças do ar e da relva acima, com a memória de amigos queridos que viriam voando salvar-nos se apenas fossem informados de nosso destino e com a consciência de que acerca desse destino eles *nunca* podem ser informados — que o nosso desafortunado quinhão é aquele dos mortos de verdade —, essas considerações, afirmo, levam ao coração, que ainda palpita, um grau de apavorante e intolerável horror diante do qual a mais ousada imaginação deve recuar. Não conhecemos nada mais agonizante sobre a face da Terra — não conseguimos sonhar com nada tão horripilante no reino do Inferno profundo. E, assim, todas as narrativas sobre esse tema têm um profundo interesse; um interesse, contudo, que, graças ao temor sagrado do próprio tema, depende muito certa e muito peculiarmente de nossa convicção da *verdade* do fato narrado. O que agora tenho a contar vem do meu próprio conhecimento — de minha própria experiência pessoal e positiva.

Por muitos anos eu estivera sujeito a ataques de um peculiar distúrbio que os médicos decidiram denominar catalepsia, na falta de um nome definitivo. Embora tanto as causas imediatas quanto as predisposições, e até o próprio diagnóstico da doença sejam ainda misteriosos, o seu caráter óbvio e aparente é suficientemente bem compreendido. Suas variações parecem ser principalmente de grau. Algumas vezes o paciente permanece, por apenas um dia ou mesmo um período mais curto, em uma espécie de letargia exagerada. Ele perde os sentidos e permanece imóvel externamente; mas o batimento do coração é ainda levemente perceptível; alguns vestígios de calor permanecem; uma leve coloração resta no centro das faces; e, na aplicação de um espelho aos lábios, podemos detectar um movimento tórpido, desigual e vacilante dos pulmões. Outras vezes, a duração do transe é de semanas — até meses; o mais detalhado escrutínio e os mais rigorosos exames médicos não conseguem estabelecer qualquer diferença substancial entre o estado do sofredor e o que entendemos por morte absoluta. Com muita frequência, ele é salvo do enterro prematuro unicamente pelo fato de os amigos saberem que já esteve sujeito antes à catalepsia, pela consequente suspeita excitada e, acima de tudo, pela ausência dos sinais de decomposição. Os avanços da doença são, afortunadamente, graduais. As primeiras manifestações, embora marcadas, são inequívocas. Os ataques tornam-se sucessivamente mais e mais distintos, e perduram por um tempo maior que o anterior. Nisso reside a principal segurança contra o sepultamento. O infeliz cujo *primeiro* ataque for de natureza extrema, como acontece ocasionalmente, seria quase inevitavelmente consignado vivo à tumba.

Meu próprio caso não diferia de modo significativo daqueles citados nos compêndios médicos. Algumas vezes, sem motivo aparente, eu mergulhava, pouco a pouco, em um estado de semissíncope ou desfalecimento parcial; e, nesse estado, sem dor, sem capacidade de movimento, ou, mais exatamente, de pensamento, mas com uma obscura consciência letárgica da vida e da presença daqueles que rodeavam o meu leito, permanecia eu, até que a crise da enfermidade me devolvia, repentinamente, à sensação perfeita. Em outros momentos, eu era atingido rápida e impetuosamente. Sentia náusea, e dormência, e frio, e tontura, e caía assim prostrado de imediato. Então, durante semanas, tudo ficava vazio, e preto, e silencioso, e o Nada se tornava o universo. Não havia aniquilação maior. Desses últimos ataques, eu acordava, contudo, com lentidão proporcional à rapidez do ataque. Assim como o dia amanhece para o mendigo sem amigos e sem lar que vagueia pelas ruas durante a longa e desoladora noite de inverno — assim tardiamente — assim cansadamente — assim alegremente — retornava a luz da Alma para mim.

Excetuada a tendência de entrar em transe, porém, minha saúde geral parecia ser boa; nem eu podia perceber que ela fosse de algum modo afetada pela única doença prevalecente — a menos, é claro, que uma idiossincrasia em meu sono comum pudesse ser considerada um sintoma a mais. Ao acordar do *sono*, eu nunca conseguia ter de imediato o domínio total dos sentidos e sempre permanecia, por vários minutos, em meio a grande espanto e perplexidade — as faculdades mentais de modo geral, mas a memória em especial, num estado de absoluta latência.

Em tudo o que eu suportava, não havia sofrimento físico, mas uma infinita dor moral. Minha imaginação tornava-se sepulcral. Eu falava de "vermes, tumbas e epitáfios". Perdia-me em devaneios de morte, e a ideia de um enterro prematuro tomou posse definitiva do meu cérebro. O fantasmagórico Perigo ao qual eu estava sujeito atormentava-me dia e noite. Durante o dia, a tortura da meditação era excessiva; durante a noite, era suprema. Quando a triste Escuridão encobria a Terra, então, com cada horror de pensamento, eu estremecia — estremecia como as tremulantes plumas sobre o carro fúnebre. Quando a Natureza não conseguia mais suportar a vigília, era com luta que eu cedia ao sono — pois ficava trêmulo ao pensar que, acordando, poderia descobrir que era cativo de uma sepultura. E quando, finalmente, caía no sono, era apenas para passar correndo, de pronto, para um mundo de fantasmas, sobre o qual, com vastas, sombrias e avassaladoras asas, pairava, predominante, a Ideia sepulcral.

Das inúmeras imagens de melancolia que assim me oprimiam em sonho, seleciono para registro apenas uma visão solitária. Parece-me que estava imerso em um transe cataléptico mais longo e mais profundo que o habitual. Repentinamente, senti uma mão gelada sobre minha testa e ouvi uma voz impaciente e inarticulada sussurrando a palavra "Levantai!" em meu ouvido.

Sentei-me com a coluna reta. A escuridão era total. Eu não conseguia ver a figura daquele que me havia despertado. Não conseguia lembrar o período em que havia caído em transe, nem o local em que então jazia. Enquanto permanecia imóvel e me ocupava com os esforços de organizar os pensamentos, a gélida mão agarrou-me ferozmente pelo pulso, sacudindo-o com petulância, enquanto a voz inarticulada dizia novamente:

"Levantai! Não vos disse para levantar?"

"E quem", perguntei, "sois vós?"

"Não tenho nome nas regiões em que habito", respondeu a voz, lamuriosamente; "Fui mortal, mas sou demônio. Fui impiedoso, mas sou digno de pena. Podeis sentir que estremeço. Meus dentes batem quando falo, no entanto não é por causa do frio da noite — da noite sem fim. Mas este horror é insuportável. Como conseguis *vós* dormir tranquilamente? Não consigo repousar devido ao grito destas grandes agonias. Estas imagens são mais do que consigo suportar. Ponde-vos de pé! Vinde comigo para dentro da Noite cósmica e deixai-me revelar-vos as sepulturas. Não é esse um espetáculo pesaroso? — Olhai!"

Olhei; e a figura oculta, que ainda me prendia pelo pulso, havia feito com que as sepulturas de toda a humanidade fossem escancaradas; e de cada uma surgia o tênue brilho da decadência; eu podia assim ver os recessos mais profundos e ali encarar os corpos em mortalha durante o sono sombrio e solene junto aos vermes. Mas, ai de mim! Os que realmente dormiam eram menos numerosos, em vários milhões, do que os que nada dormiam; e havia uma débil luta; e havia uma agitação prevalecente e triste; e das profundezas de inúmeras covas vinha um farfalhar de melancolia produzido pelas vestes dos enterrados. E, entre aqueles que pareciam tranquilamente repousar, vi que um vasto número havia mudado, em maior ou menor grau, a rígida e desconfortável posição na qual eles haviam sido originalmente sepultados. E a voz me disse novamente enquanto eu observava:

"Não é — oh! *Não* é essa uma visão lastimável?" Mas, antes que eu pudesse encontrar palavras para responder, a figura havia soltado o meu pulso, as luzes fosfóricas se extinguiram, e as tumbas foram fechadas com súbita violência, enquanto delas se erguia um tumulto de gritos desesperados, dizendo novamente: "Não é — oh, Deus! *não* é essa uma visão muito lastimável?"

Fantasias como essas que se apresentavam à noite prolongavam sua terrível influência sobre muitas das minhas horas de vigília. Os meus nervos ficaram completamente em frangalhos, e me tornei presa de um horror perpétuo. Hesitava em cavalgar, ou caminhar, ou me permitir qualquer exercício que me obrigasse a sair de casa. Na verdade, eu não ousava mais me afastar da presença imediata daqueles que sabiam da minha tendência à catalepsia, temendo que, se eu tivesse um de meus costumeiros ataques, pudesse ser enterrado antes que minha real condição fosse verificada. Eu duvidava dos cuidados, da fidelidade de meus amigos mais queridos. Temia que, durante algum transe de duração maior que a costumeira, eles fossem convencidos a considerar-me irrecuperável. Cheguei ao ponto de temer que, como eu causava muito transtorno, eles ficariam alegres de considerar qualquer ataque muito demorado uma desculpa suficiente para livrar-se de mim de vez. Era em vão que eles tentavam tranquilizar-me com as mais solenes promessas. Extraí os juramentos mais sagrados de que em nenhuma circunstância eles me enterrariam até que a decomposição estivesse tão materialmente avançada que maior preservação fosse impossível. E, mesmo assim, meus terrores mortais não ouviam a razão — não aceitavam consolo. Adotei uma série de precauções elaboradas. Entre outras coisas, providenciei para que o mausoléu da família fosse reformado de modo a permitir que fosse imediatamente aberto pelo lado de dentro. Uma leve pressão sobre uma longa alavanca que se prolongava bem para dentro da sepultura faria com que os portais de ferro fossem abertos com rapidez. Também foram feitas modificações para permitir a livre entrada de ar e luz, e foram providenciados receptáculos convenientes para alimento e água, ao alcance imediato do caixão destinado a me receber. Esse caixão era acolchoado com material quente e macio, e guarnecido com uma tampa, fabricada segundo o princípio da porta de caixa-forte, com o acréscimo de molas colocadas de tal maneira que o mais leve movimento do corpo seria suficiente para libertá-la. Além de tudo isso, havia, suspenso do teto da tumba, um grande sino, cuja corda, conforme planejado, deveria chegar por um buraco no caixão e ser amarrada a uma das mãos do cadáver. Mas, pobre de mim! Do que serve a vigilância contra o Destino do homem? Nem mesmo esses engenhosos dispositivos foram suficientes para salvar das piores agonias do sepultamento vivo um pobre coitado a essas agonias predestinado!

Houve uma ocasião — como muitas vezes antes havia ocorrido — em que me encontrei emergindo da total inconsciência para o primeiro frágil e indefinido senso de existência. Lentamente — com a lentidão de uma tartaruga — aproximou-se o leve alvorecer acinzentado do dia anímico. Uma agitação tórpida. Uma tolerância apática à dor difusa. Nenhuma preocupação — nenhuma esperança — nenhum esforço. Então, depois de um longo intervalo, um ruído nos ouvidos; aí, depois de um lapso ainda maior, uma sensação de formigamento ou leve ardor nas extremidades; então um período aparentemente eterno de agradável imobilidade, durante o qual as sensações do despertar lutam para entrar na consciência; então, um breve retorno à não entidade; então, uma repentina recuperação. Por fim, o leve tremor de uma pálpebra e, imediatamente depois, um choque elétrico de terror, mortal e indefinido, que joga o sangue em torrentes das têmporas para o coração. E agora o primeiro esforço positivo para pensar. E agora a primeira tentativa para recordar. E agora um sucesso parcial e evanescente. E agora a memória recobra até aqui o seu domínio, de tal forma que, em alguma medida, tenho consciência de meu estado. Sinto que não estou acordando do sono comum. Recordo que sou sujeito à catalepsia. E agora, finalmente, como pelo movimento de um oceano, o meu trêmulo espírito é dominado pelo único Perigo sombrio — pela única ideia espectral e prevalecente.

Por alguns minutos depois que essa fantasia me possuiu, permaneci sem movimento. E por quê? Não conseguia encontrar coragem para me mover. Não ousava fazer o esforço que era assegurar-me de meu destino — e, no entanto, alguma coisa em meu coração sussurrava-me que *era certeza*. O desespero — como espécie alguma de infortúnio é capaz de conjurar — o puro desespero me incitou, após longa indecisão, a levantar as pesadas pálpebras de meus olhos. Abri-os. Estava escuro — tudo escuro. Sabia que o ataque havia passado. Sabia que a crise de minha doença havia finalmente passado. Sabia que eu havia recobrado totalmente o uso das minhas faculdades visuais — e, contudo, estava escuro, tudo escuro, a intensa e completa escuridão da Noite que perdura para sempre.

Tentei gritar; meus lábios e minha língua ressecada moveram-se convulsivamente nessa tentativa — mas nenhuma voz surgiu dos cavernosos pulmões, que, oprimidos como pelo peso de alguma montanha superjacente, arfavam e palpitavam, juntamente com o coração, em uma inspiração muito elaborada e penosa.

O movimento das mandíbulas, nesse esforço para gritar, indicou que elas estavam atadas, como é costume fazer com os mortos. Senti também que estava deitado sobre um material duro; e que, por alguma coisa semelhante, minhas laterais também estavam muito comprimidas. Até então, eu não havia tentado mover qualquer membro — mas aí, com violência, joguei para cima os braços, que até então haviam estado estendidos, com os pulsos cruzados. Eles bateram contra uma substância sólida, de madeira, que se prolongava sobre a minha pessoa a uma altura de, no máximo, quinze centímetros de meu rosto. Não havia mais dúvida de que eu finalmente repousava dentro de um caixão.

E, então, entre todas as minhas infinitas misérias, surgiu docemente o querubim da Esperança — pois me lembrei de minhas precauções. Contorci-me e fiz esforços espasmódicos para abrir a tampa: ela não se mexeu. Tateei os pulsos em busca da corda: não a encontrei. E então o Anjo Consolador fugiu para sempre, e um Desespero ainda mais sombrio passou a reinar triunfante; pois eu não pude deixar de perceber a ausência do revestimento acolchoado que havia preparado com tanto cuidado — e, nesse momento, chegou de repente às minhas narinas o forte odor peculiar de terra úmida. A conclusão era inevitável. Eu *não* estava dentro do mausoléu. O transe havia ocorrido enquanto estava longe de casa — enquanto ao lado de estranhos — quando ou como, eu não conseguia lembrar — e eles é que me haviam enterrado como a um cão — preso dentro de algum caixão comum — e atirado fundo, bem no fundo, e para sempre, em alguma *cova* comum e incógnita.

À medida que essa horrível convicção se instalava à força nas câmaras mais íntimas de minha alma, novamente tentei gritar bem alto. E, nessa segunda tentativa, tive sucesso. Um grito longo, selvagem e contínuo de agonia ressoou nos domínios da Noite subterrânea.

"Ei! Ei, você!", disse uma voz rouca, em resposta.

"Que diabos está acontecendo agora!", disse uma segunda voz.

"Pare com isso!", disse uma terceira voz.

"O que você quer gritando desse jeito, como um gato do mato?", disse uma quarta voz; e, nesse instante, fui agarrado e sacudido sem cerimônia, durante vários minutos, por um grupo de indivíduos mal-encarados. Eles não me despertaram do sono — pois eu estava bem acordado quando gritei —, mas devolveram-me o completo domínio da memória.

Essa aventura ocorreu perto de Richmond, na Virgínia. Acompanhado de um amigo, eu havia seguido, em uma expedição de caça, alguns quilômetros pelas margens do rio James. A noite caiu, e fomos alcançados por uma tempestade. A cabine de uma pequena chalupa ancorada no rio e carregada de terra para jardim oferecia-nos o único abrigo disponível. Nós nos acomodamos da melhor maneira possível e passamos a noite a bordo. Dormi em um dos dois únicos beliches na embarcação — e os beliches de uma chalupa de sessenta ou setenta toneladas nem precisam ser descritos. Aquele que ocupei não tinha qualquer roupa de cama. A largura máxima era de quarenta e cinco centímetros. A distância do pé à cabeceira era exatamente a mesma. Encontrei enorme dificuldade para caber ali. Contudo, dormi profundamente; e toda aquela visão — pois não foi sonho, não foi pesadelo — surgiu naturalmente das circunstâncias de minha posição — do meu viés habitual de pensamento — e da dificuldade, que já mencionei, de recobrar os sentidos, e especialmente de recuperar a memória, por muito tempo depois de acordar do sono. Os homens que me sacudiram eram da tripulação da chalupa e alguns trabalhadores incumbidos de descarregá-la. Do próprio carregamento vinha o cheiro de terra. A bandagem sobre o maxilar era um lenço de seda que eu havia atado na cabeça, na falta de minha costumeira touca de dormir.

As torturas sofridas, entretanto, eram indubitavelmente muito parecidas, naquele momento, com as da verdadeira sepultura. Eram horripilantes — eram inconcebivelmente horrendas; mas do Mal surgiu o Bem; pois o próprio excesso causou em meu espírito uma inevitável revulsão. Minha alma adquiriu tônus — adquiriu têmpera. Fui para o estrangeiro. Comecei a fazer exercícios vigorosos. Respirei o ar livre do Paraíso. Pensei em outros assuntos que não a Morte. Pus de lado os livros de medicina. Queimei o *Buchan*.[1] Não li *Pensamentos noturnos*[2] — nada de leituras sobre cemitérios de igreja — nada de histórias de fantasmas — *como esta*. Em resumo, acabei me tornando um novo homem — e vivi a vida de um homem. Depois daquela noite memorável, afastei para sempre minhas apreensões sepulcrais, e com elas desapareceu o distúrbio cataléptico, do qual, talvez, elas tenham sido menos a consequência do que a causa.

---

[1] *Buchan's Domestic Medicine*, livro escrito pelo médico William Buchan (1729 – 1805).
[2] *Night Thoughts*, romance de Edward Young, publicado em 1742.

Há momentos em que, mesmo aos olhos sóbrios da Razão, o mundo de nossa triste Humanidade pode assumir a aparência de um Inferno — mas a imaginação do homem não é Carathis,[3] para explorar com impunidade todas as suas cavernas. Ai! A lúgubre legião de terrores sepulcrais não pode ser considerada fruto total da imaginação — mas, como os Demônios na companhia dos quais Afrasiab[4] fez a viagem ao longo do Oxus,[5] eles deverão dormir ou acabarão por devorar-nos — deverão ser forçados a adormecer, ou pereceremos nós.

---

[3] Rainha e feiticeira, mãe do jovem califa Vathek, no poema homônimo de William Beckford (1786).
[4] Legendário rei e feiticeiro malévolo da literatura persa.
[5] Rio atualmente conhecido como Amu Darya.

# POSFÁCIO

*Eliane Fittipaldi Pereira*

## O EU EM ABISMO

*Hypocrite lecteur,* — *mon semblable,* — *mon frère!*
Charles Baudelaire[1]

Aquele que fala em imagens primordiais fala com mil vozes; ele encanta e afeta profundamente, e, ao mesmo tempo, eleva a ideia que está procurando exprimir, da verdade ocasional e transitória, para o domínio do que dura eternamente. Ele transmuta o nosso destino pessoal no destino da humanidade e evoca em nós as forças benéficas que em todos os tempos permitiram que a humanidade encontrasse um refúgio de cada perigo e sobrevivesse à noite mais longa.

Carl G. Jung[2]

---

[1] Leitor Hipócrita, — meu semelhante, — meu irmão!
Último verso do poema intitulado "Au lecteur" [Ao leitor], em *As flores do mal*.

[2] "On the Relation of Analytical Psychology of Poetry", in *Complete Works* 15: *The Spirit in Man, Art and Literature*, 1922, p.129.

Você abre este livro e é arremessado de chofre em um universo surreal. Depara com uma série de mosaicos formados por mutáveis figuras etéreas que se movem à projeção de uma luz intermitente — ora escura, contínua e opressiva; ora explosiva, pulsante e quente.

Você percebe que, da movimentação dessas figuras, exala-se uma melodia a um tempo harmônica e dissonante: uma ressonância ancestral, estranha e ainda assim familiar, que distorce a apreensão da referência concreta e o sentido da temporalidade.

Você observa que tais figuras de paradoxo, lúgubres mas faiscantes, grotescas porém elegantes, constituem fragmentos de um grande arabesco — aquele tipo de desenho ornamental abstrato que enfeita as paredes das mesquitas e simboliza o infinito; e que esses fragmentos em conjunto, embora híbridos e às vezes disparatados, apontam para uma unidade subliminar que ultrapassa a visão, para uma transcendência não mística.

Uma casa fendida em vias de desintegração. Um lago de águas paradas. Um casal de gêmeos que definham, soturnos. Um alaúde e um relógio. Um corpo vivo perdendo o alento num caixão fechado. Um gato preto sem olho com uma mancha no peito em forma de forca. Sósias sinistros envoltos em capas extravagantes, um dos quais fala num sussurro. Um assassino obcecado por um olho turvo escutando o pulsar de um coração onipresente. Um cavalo indômito espectral e um cavaleiro alucinado. Um arlequim com chapéu de guizos brindando à vida com seu inimigo vingativo numa cripta subterrânea. Um homem deitado nas profundezas de um poço escuro, atado sob uma lâmina pendular que dele se aproxima aos poucos, fatal e implacável.

Encerrado nesse labirinto de mosaicos, perceba quanto eles têm de especular, quão insidiosamente o colocam na desconfortável posição do eu que é o outro de si. Nas sombras que eles refletem *ad infinitum*, olhe de perto o terrífico estranho que há no eu — aquele que mais tememos em nós.

Render-se a esse universo insólito, os *Contos de Suspense e Terror* de Edgar Allan Poe que integram este volume, é submergir com uma precária corda esfarrapada no tenebroso sorvedouro do inominável, do inexplicável, do vazio e do instável, onde a atmosfera é "de uma excessiva antiguidade" (inscrita no *mythos* atemporal), sem "afinidade alguma com o ar do céu"; é entregar-se à condução de suspeitíssimos narradores de exceção pelos recessos misteriosos e tenebrosos da psique, onde aquilo que estava oculto — um emaranhado de conflitos — busca solução; é ser subliminarmente levado, por uma linguagem também de excessos, aos domínios mais obscuros da falta e do desejo; é enterrar-se bem lá onde falta o ar: lá, onde todos os sentidos comuns se tornam inválidos ou se invertem grotescamente — ironicamente; é dar consigo em situações-limite e vivenciar as possibilidades mais aterradoras do demasiado humano tornado inumano; é constatar que somos todos habitados pelo horror e que estamos sempre a um minúsculo passo de perder a alma.

"Acontecimentos puros" em geometria exata, "construção precisa do impreciso".³ Estruturas metafóricas emparedando o leitor em experiências claustrofóbicas junto a personagens e narradores insanos: encarceradores encarcerados por si mesmos — emparedados, eles mesmos, em emoções de vingança, medo e alienação. Forças reprimidas retornando fantasmáticas, redobradas ou multiplicadas. O ser sensível lançado no mundo ameaçador, experimentando sua amplidão (a dele e a do mundo) e nela se perdendo. A linguagem manifestando a desproporcionalidade entre a dimensão do eu e a desses dois abismos: o de dentro que ele desconhece e o de fora que ele não controla.

Imagens mórbidas, perversas, macabras — e a um tempo belas, hipnoticamente belas. O equilíbrio e a harmonia clássicos coexistindo com a torção e a distorção barrocas e sucumbindo a estas. Para além do belo, o sublime, em tudo aquilo que implica de passional, elevado, vasto e aterrorizante.

Elementos cifrados e interconectados remetendo obsessivos uns aos outros, chocando-se e atraindo-se; pinturas de palavras ecoando em poesia, encapsuladas no arcabouço apertado do conto, morrendo e ressuscitando

---

³ Expressões, respectivamente, de Julio Cortázar ("Poe: o poeta, o narrador e o crítico". In: *Valise de Cronópio*, Trad. Davi Arrigucci Jr. e João Alexandre Barbosa. 2ª ed. SP: Perspectiva, 1993, p. 122) e Lúcia Santaella, "Edgar Allan Poe: o que em mim sonhou está pensando". In: POE, Edgar Allan. *Os melhores contos de Edgar Allan Poe*. Trad. José Paulo Paes. SP: Círculo do Livro, 1987, p. 150).

ao longo dos séculos. Enigmas rematados com fecho de ouro e proferidos em desafio pela boca mítica do ouroboros circular que enreda a presa e a devolve transmutada ao tempo dos homens. Jogos misteriosos imantados por uma estética depurada, quer sutil e refinada, quer carregada beirando o *kitsch*: a aliteração quase-cacófato cintilando exagerada "como um diamante em cada dedo"; a repetição do igual e a acumulação do diferente martelando com força as tábuas do soalho textual. A mais rigorosa arte poética levada ao extremo, revertendo quase em seu contrário. Virtude às margens do vício. Vício tornado virtude.

N'"O Coração Delator" (1843), o eu narrador passa as noites em vigília espiando seu velho senhorio, ou melhor, um de seus olhos: "*the evil eye*". Decerto projeta, no outro, o mal que há em si (the evil I) e acaba por assassiná-lo, sem outro motivo que o olho perturbador. Em outras palavras: não suportando ser visto (mau que é), o *voyeur* tenta acabar com o mal que o "olho mau" espelha. Após o crime, porém, passa a escutar em toda parte o bater de um coração (o do velho? o seu?), assim como já vinha escutando os caruncho proféticos da morte a perfurar as paredes da casa, enquanto o texto pulsa em perturbadoras oclusivas correlatas, [g] [k] [d] e [t]: "assim como eu tenho feito, noite após noite, escutando os caruncho agourentos, relógios da morte, dentro da parede.". Correlatas também do mal entranhado que retorna e impulsiona o assassino a uma narrativa compulsória e involuntária na contramão do crime perfeito, enquanto nosso olho de leitor (bom ou mau?) "contempla" e "escuta", na narração da narração, o eu que fala em abismo, de dentro do abismo, sobre o abismo que sulcou e não logrou tapar com eficácia.

 Deter-se no mosaico que é este conto é observar a anatomia de uma loucura, o feitio de uma cisão, o método de uma incoerência: de um lado, a razão insana estruturando a história e, de outro, a emoção lúcida sabotando a lógica. De tal arte armado, o assassino-narrador ousa aliciar o leitor a fim de constituir-se como sujeito no e pelo discurso. Sujeito ambíguo e irônico, este, que se pretende crível como o organizador racional do enunciado, mas que só consegue sê-lo como o louco da enunciação. De qualquer modo, um mestre da retórica.

 "O Gato Preto" (1843) é uma variação do mesmo tema, com um eu narrador ainda mais funesto em seus requintes de torturador e homicida. Assassino reincidente, também alega sanidade mental. A ele, não lhe basta arrancar o olho ao outro, no caso um animal doméstico — seu duplo irracional e infernal, catalisador da perversidade e da intemperança nele projetadas. Porque o olho que falta enfatiza o olho que resta. E que perturba como uma denúncia. Tanto perturba que o narrador o enforca e adota um segundo gato, também ele cego, mas distinto do primeiro por uma mancha branca no peito que catalisa o conflito interior e acaba por assumir a imagem de uma forca. Assim é que, no gato duplicado, o reprimido retornado toma a forma delirante da condenação. E no eu embriagado e cindido entre a inclinação dócil da infância e a gradual tendência a "fazer o mal pelo mal", predomina a repulsa: impossível suportar a afeição dos outros; há que eliminá-los, mulher e gatos, e os afetos que lhes correspondem. Mas afetos eliminados afetam mais que admitidos: permanecem desvairados, a denunciá-lo dentro de si, monstros e feiticeiras com voz autônoma que discurso racional nenhum é capaz de rebocar. Esta é a história de uma metamorfose, o painel de uma perversidade.

Nestes dois contos, nenhuma culpa nem remorso, mas *hubris*: autoconfiança, arrogância, desejo de poder e autogratificação. Há orgulho do mau feito e, principalmente, de bem dizer o mau feito na narrativa que não anseia provar a inocência, e sim a sanidade. Mas que, irônica, revela seu avesso: à sombra das reticências exageradas, exclamações e repetições lexicais obsessivas, o fantasma da acumulação (*adiectio*) arruína o esforço racionalizante.

Em "William Wilson" (1839), o homem em abismo se duplica, antes de tudo, no codinome que o afirma como o filho de sua vontade (*Wil's son* — filho de William, ou da vontade) ou o produto de suas escolhas (*Will I am* — sou pura vontade). Neste conto, é o outro todo que irrita o eu narrador — tudo o que este vê nele espelhado e que acredita arremedá-lo: nome, rosto, porte, vestimenta, gestos que o anunciam a si o tempo todo. Irrita-o, sobretudo, aquilo em que o outro se distingue: a voz sussurrante que tenta aconselhá-lo dentro do caos libidinoso em que teima imergir, a orientação amorosa a protegê-lo do desregramento absoluto — voz que interdita seu desejo narcísico sem freio. Dominador e corruptor, o eu narrativo percebe apenas, em seu duplo, o terror de ver-se agora dominado, o sinistro de sentir que o estranho lhe é familiar. Só reconhece o eu no outro (e vice-versa, o outro nele) quando é tarde demais, quando o humano em si foi destruído.

Também aqui, o discurso além-alma: o eu, desprovido de si, fala de um lugar mais que abismal, de um não-lugar. Nada mais tendo a perder, morto-vivo prestes a sumir no abismo, só lhe resta aliciar o leitor para que o afirme como sujeito de uma *mea-culpa*, não redentora como ação litúrgica, mas como história bem narrada.

"Metzengerstein" (1832) e "O Barril de Amontillado" (1846) são contos de vingança. De ódio e inveja, rivalidade e dominação. O homem uma vez mais tomando as rédeas de si contra o outro, mas sucumbindo ao outro sombrio de si. "Metzengerstein", exótica e feérica história de metempsicose, põe em ação as paixões fogosas do desejo de poder na competição em que ninguém vence, exceto, como sempre, a morte, e, como sempre, em faceta estética e irônica. A exemplo do que ocorre n'"O Gato Preto", também aqui o eu, vítima de seus instintos, desumaniza-se na relação com um animal. N'"O Barril de Amontillado", o ideal explícito de "punir com impunidade" é atingido pelo narrador de sugestivo nome Montresor ("meu tesouro" em francês), duplo irônico de seu rival Fortunato, a quem assassina fria e estrategicamente por uma ofensa não mencionada. E decide contar sua história cinquenta anos depois de ocorrida. Mas quem *resquiecat in pace* em todo o tempo que decorre entre o feito e o enunciado? A aparente indiferença no tom narrativo contrasta com o fato de Montresor ainda pensar em seu crime e sentir a necessidade de narrá-lo — não como bravata (caso de "O Coração Delator"): como justificativa. A posição que ele assume no abismo da adega subterrânea, onde seu "coração começou a pesar — *por conta da umidade das catacumbas*" (grifo nosso) resiste à racionalização. Esse coração ainda está aí, preso por uma paixão, e é a partir dessa paixão que ele fala.

Delator ou confessor, é sempre o coração que conta a história subjacente a esses contos, mais importante que a da superfície. Há que acompanhá-lo, pois ele aponta para um sentido que está sempre deslizando para outro lugar.

Entrar na Casa de Usher (1839), a casa fendida do "condutor" (significado de "*Usher*" em inglês) requer cuidado e esperteza. Nela, os espelhos se multiplicam de tal forma que a loucura se propaga e o abismo se expande *ad infinitum*: pelos corredores, pelos quartos, pelas janelas góticas, para dentro do lago e das criptas. Importa saber quem conduz quem, aí. É a casa, como construção e como dinastia, que conduz os moradores ao seu destino? É ela, símbolo da mente humana em desintegração, que atrai o narrador ao encontro de si através de uma jornada escura da alma ("*me encontrei* no campo de visão da Casa de Usher")? É ela que engolfa o leitor — labirinto metalinguístico passível de soterrá-lo ou libertá-lo? Ou será Roderick Usher, símbolo de uma força criativa e poética relegada à sombra, quem chama o eu racional e distanciado do narrador para uma desejada integração? E Madeleine (*mad line* — perigo de reproduzir a loucura de sua linhagem —, risco de incesto por isolamento e falta de oxigenação com o mundo exterior), não é ela a condutora de Roderick e da família à derrocada, anima reprimida que retorna morta-viva e depois é constelada em lua sangrante? Não ilumina ela o caminho do narrador como o mistério sedutor do feminino não vivido?

É somente Usher que determina o enterro em vida de Madeleine, ou o narrador é seu cúmplice nesse feito? E o papel do narrador em tudo isso, como condutor de si mesmo, da leitura e da libertação (para e pela narração)? E o do leitor, que mira o abismo à sua margem e dentro dele reconhece o terror da fragmentação em forças incontroláveis?

É Décio Pignatari quem bem demonstra o complexo envolvimento de todos nesses espelhos em abismo, em que vários "eus" (ou aspectos de um mesmo eu) reverberam nas possibilidades existenciais de uma experiência arquetípica: a palavra "Usher" nos contém a todos (ou vários fragmentos de nosso eu): *us* (nós), *he* (ele), *she* (ela), *her* (dela).[4]

"*Encontrar-se*" na Casa de Usher é encontrar consigo e com os desconhecidos que há em si. Ver a Casa é ver a si. Vê-la refletida no lago é duplicá-la, é duplicar-se. Refletir, aqui, é refletir-se.

"O Poço e o Pêndulo" (1842) e "O Enterro Prematuro" (1844) são contos de claustrofobia e topofobia. De impotência. E de tortura psicológica. São histórias em que o eu narrador tateia nas trevas, em asfixia. A primeira revela o processo mental de um condenado aos terrores da Inquisição que, literalmente no fundo do poço (e também metaforicamente, é claro), é tocado pela morte. Ao suplício físico, externo, alia-se o auto-suplício do pensamento exacerbado e da imaginação deformadora. Até que as

---

[4] *Semiótica e Literatura*, São Paulo: Ateliê Editorial, 2004, p. 130.

sombras se incorporem à luz da consciência mais ampla para transformar-se em adjuvantes; até que esse eu, com "toda a calma aguda e contida do desespero", ceda à lucidez que lhe permite conhecer seu espaço de horror e à experiência intuitiva que o imobiliza enquanto os ratos da prisão (materializando essa intuição) roem suas amarras; e até que, no momento oportuno, desista de pensar ("cessei de lutar"). A salvação vem fácil, na forma de um *deus ex machina*. Já o "Enterro Prematuro" brinca com as obsessões humanas, principalmente o medo de sentir medo. Se o eu aqui é cataléptico, mais terrível que morrer, para ele, é ser enterrado vivo. Na história previsível, no tema que se repete, no pesadelo que se atua, revela-se (ou esconde-se?) o desejo que masoquisticamente sufoca e volta a respirar. Desejo do medo? Medo do desejo? Ou medo do desejo do medo?

A você, leitor ou narratário de Poe, hóspede encantado do labirinto de mosaicos, cabe sobretudo refletir perguntas e ampliá-las. Você que é o principal duplo desses contos, reflexo narcísico, cúmplice de perversidades, captador e replicante de ironias. Você que é irmão na angústia e herdeiro do nada, companheiro de abismo existencial e multiplicador de sentidos.

Diante da dor e da finitude, não lhe cabe buscar respostas ao mistério. Mas enfrentar quem é diante dele e encontrar, nestas imagens primordiais que falam com mil vozes, um refúgio de beleza e significado para a travessia de sua noite mais longa.

© Copyright desta tradução: Editora Martin Claret Ltda., 2015.

Direção
MARTIN CLARET

Produção editorial
CAROLINA MARANI LIMA / MAYARA ZUCHELI

Projeto gráfico e direção de arte
JOSÉ DUARTE T. DE CASTRO

Diagramação
GIOVANA GATTI LEONARDO

Ilustração de capa
DOUG LOBO

Ilustração de guarda
LARYSA KRYVOVIAZ / SHUTTERSTOCK

Tradução e notas
ELIANE FITTIPALDI PEREIRA/ KATIA MARIA ORBERG

Revisão
PATRÍCIA MURARI

Impressão e acabamento
GEOGRÁFICA EDITORA

A ORTOGRAFIA DESTE LIVRO SEGUE O NOVO ACORDO ORTOGRÁFICO DA LÍNGUA PORTUGUESA.

Dados Internacionais de Catalogação na Publicação (CIP)
(Câmara Brasileira do Livro, SP, Brasil)

Poe, Edgar Allan, 1809-1849.
Contos de suspense e terror / Edgar Allan Poe; tradução: Eliane Fittipaldi Pereira, Katia Maria Orberg. — São Paulo: Martin Claret, 2015. (Edição Especial)

"Edição especial."
ISBN 978-85-440-0103-5

1. Contos norte-americanos I. Título. II. Série.

15-04168                                              CDD-813

Índices para catálogo sistemático:

1. Contos: Literatura norte-americana     813

EDITORA MARTIN CLARET LTDA.
Rua Alegrete, 62 — Bairro Sumaré — CEP: 01254-010 — São Paulo — SP
Tel.: (11) 3672-8144
www.martinclaret.com.br
3ª reimpressão – 2021

**CONTINUE COM A GENTE!**

- Editora Martin Claret
- editoramartinclaret
- @EdMartinClaret
- www.martinclaret.com.br

IMPRESSO
EM PAPEL
*Pólen*®
mais prazer em ler